문학과지성 시인선 490

누구도 기억하지 않는 역에서

허수경 시집

문학과지성사

문학과지성사에서 펴낸 허수경의 시집

혼자 가는 먼 집(1992)
청동의 시간 감자의 시간(2005)

문학과지성 시인선 490

누구도 기억하지 않는 역에서

초판 1쇄 발행 2016년 9월 28일
초판 17쇄 발행 2024년 11월 12일

지 은 이 허수경
펴 낸 이 이광호
펴 낸 곳 ㈜문학과지성사

등록번호 제1993-000098호
주   소 04034 서울 마포구 잔다리로7길 18(서교동 377-20)
전   화 02)338-7224
팩   스 02)323-4180(편집) 02)338-7221(영업)
전자우편 moonji@moonji.com
홈페이지 www.moonji.com

© 허수경, 2016. Printed in Seoul, Korea

ISBN 978-89-320-2908-5 03810

문학과지성 시인선 490
누구도 기억하지 않는 역에서

허수경

시인의 말

아직 도착하지 않은 기차를 기다리다가
역에서 쓴 시들이 이 시집을 이루고 있다

영원히 역에 서 있을 것 같은 나날이었다

그러나 언제나 기차는 왔고
나는 역을 떠났다

다음 역을 향하여

2016년 가을
허수경

누구도 기억하지 않는 역에서

차례

시인의 말

1부

농담 한 송이 11

그 그림 속에서 12

이 가을의 무늬 14

이국의 호텔 16

베낀 18

포도나무를 태우며 20

네 잠의 눈썹 22

병풍 24

2부

딸기 29

레몬 32

포도 36

수박 38

자두 40

오렌지 41

호두 44

오이 46

포도메기 47

목련 50

라일락 52

3부

동백 여관 55

연필 한 자루 56

우연한 감염 58

문득, 60

너무 일찍 온 저녁 62

죽음의 관광객 64

내 손을 잡아줄래요? 66

나비그늘 라디오 69

온몸 도장 72

아침 식사 됩니다 74

돌이킬 수 없었다 78

아사(餓死) 80

나의 가버린 헌 창문에게 82

우산을 만지작거리며 85

4부

수육 한 점 91

오래된 일 92

사진 속의 달 93

발이 부은 가을 저녁 94

방향 96

우리 브레멘으로 가는 거야 98

루마니아어로 욕 얻어먹는 날에 100

매캐함 자욱함 102

운수 좋은 여름 104

섬이 되어 보내는 편지 106

유령들 108

빙하기의 역 111

가을 저녁과 밤 사이 114

너, 없이 희망과 함께 116

지구는 고아원 118

푸른 들판에서 살고 있는 푸른 작은 벌레 120

겨울 병원 122

5부

눈 127

엄마와 나의 간격 128

네 말 속 130

지하철 입구에서 131

가짓빛 추억, 고아 132

설탕길 134

카프카 날씨 1 136

언제나 그러했듯 잠 속에서 138

카프카 날씨 2 140

카프카 날씨 3 142

밥빛 144

나는 춤추는 중 147

해설 | 저 오래된 시간을 무엇이라 부를까 · 이광호 148

1부

농담 한 송이

한 사람의 가장 서러운 곳으로 가서
농담 한 송이 따서 가져오고 싶다
그 아린 한 송이처럼 비리다가
끝끝내 서럽고 싶다
나비처럼 날아가다가 사라져도 좋을 만큼
살고 싶다

그 그림 속에서

빛과 공기의 틈에서 꽃이 태어날 때 그때마다 당신은 없었죠 그랬겠죠, 그곳은 허공이었을 테니

태어나는 꽃은 그래서 무서웠죠 당신은 없었죠, 다만 새소리가 꽃의 어린 몸을 만져주었죠

그 그림 속에서 나는 당신 없는 허공이 되었죠 순간은 구름의 틈으로 들어간 나비처럼 훅, 사라졌는데 그 뒤에 찾아온 고요 안에서 꽃과 당신을 생각했죠

무엇이었어요, 당신?

아마도 내가 이 세상을 떠날 적 가장 마지막까지 반짝거릴 삶의 신호를 보다가 꺼져가는 걸 보다가 미소 짓다가 이건 무엇이었을까 나였을까 당신이었을까 아니면 꽃이었을까 고여드는 어둠과 갑자기 하나가 될 때

혀 지층 사이에는 납작한 화석의 시간만 남겠죠
날개와 다리 사이에서 진화를 멈추어버린 어떤 기관
만이 남겠죠

이건 우리가 사랑하던 모든 악기의 저편이라 어떤
노래의 자취도 없어요

생각해보니 꽃이나 당신이나 모두 노래의 그림자
였군요 치료되지 않는 노래의 그림자 속에 결국 우
리 셋은 들어와 있었군요

생각해보니 우리 셋은 연인이라는 자연의 고아였
던 거예요 울지 못하는 눈동자에 갇힌 눈물이었던
거예요

이 가을의 무늬

아마도 그 병 안에 우는 사람이 들어 있었는지 우는 얼굴을 안아주던 손이 붉은 저녁을 따른다 지난 여름을 촘촘히 짜내던 빛은 이제 여름의 무늬를 풀어내기 시작했다

올해 가을의 무늬가 정해질 때까지 빛은 오래 고민스러웠다 그때면,

내가 너를 생각하는 순간 나는 너를 조금씩 잃어버렸다 이해한다고 말하는 순간 너를 절망스런 눈빛의 그림자에 사로잡히게 했다 내 잘못이라고 말하는 순간 세계는 뒤돌아섰다

만지면 만질수록 부풀어 오르는 검푸른 짐승의 울음 같았던 여름의 무늬들이 풀어져서 저 술병 안으로 들어갔다 그리고 새로운 무늬의 시간이 올 때면,

너는 아주 돌아올 듯 망설이며 우는 자의 등을 방

문한다 낡은 외투를 그의 등에 슬쩍 올려준다 그는
네가 다녀간 걸 눈치챘을까? 그랬을 거야, 그랬을
거야 저렇게 툭툭, 털고 다시 가네

　　오므린 손금처럼 어스름한 가냘픈 길, 그 길이 부
서서 마침내 사윌 때까지 보고 있어야겠다 이제 취
한 물은 내 손금 안에서 속으로 울음을 오그린 자줏
빛으로 흐르겠다 그것이 이 가을의 무늬겠다

이국의 호텔

휘파람, 이 명랑한 악기는 상처를 치료하기 위해 우리에게 날아온 철새들이 발명했다 이 발명품에는 그닥 복잡한 사용법이 없다 다만 꼭 다문 입술로 꽃을 피우는 무화과나 당신 생의 어떤 시간 앞에서 울던 누군가를 생각하면 된다

호텔 건너편 발코니에는 빨래가 노을을 흠뻑 머금고 붉은 종잇장처럼 흔들리고 르누아르를 흉내낸 그림 속에는 소녀가 발레복을 입고 백합처럼 죽어 가는데

호텔 앞에는 병이 들고도 꽃을 피우는 장미가 서 있으니 오늘은 조금 우울해도 좋아
장미에 든 병의 향기가 저녁 공기를 앓게 하니 오늘은 조금 우울해도 좋아

자연을 과거 시제로 노래하고 당신을 미래 시제로 잠재우며 이곳까지 왔네 이국의 호텔에 방을 정하고

밤새 꾼 꿈 속에서 잃어버린 얼굴을 낯선 침대에 눕힌다 그리고 얼굴에 켜지는 가로등을 다시 꺼내보는 저녁 무렵

슬픔이라는 조금은 슬픈 단어는 호텔 방 서랍 안 성경 밑에 숨겨둔다

저녁의 가장 두터운 속살을 주문하는 아코디언 소리가 들리는 골목 토마토를 싣고 가는 자전거는 넘어지고 붉은 노을의 살점이 뚝뚝 거리에서 이겨지는데 그 살점으로 만든 칵테일, 딱 한 잔 비우면서 휘파람이라는 명랑한 악기를 사랑하면 이국의 거리는 작은 술잔처럼 둥글어지면서 아프다

그러니 오늘은 조금 우울해도 좋아 그러니 오늘은 조금 우울해도 좋아, 라는 말을 계속해도 좋아

베낀

구름을 베낀 달

달을 베낀 과일

과일을 베낀 아릿한 태양

태양을 베껴 뜨겁게 저물어가던 저녁의 여린 날개

그 날개를 베끼며 날아가던 새들

어제의 옥수수는 오늘의 옥수수를 베꼈나

초록은 그늘을 베껴 어두운 붉음 속으로 들어갔다

내일의 호박은 작년, 호박잎을 따던 사람의 손을
베꼈다

별은 사랑을 베끼고

별에 대한 이미지는 나의 어린 시절을 베꼈다

어제는 헤어지는 역에서 한없이 흔들던 그의 손이

영원한 이별을 베꼈고

오늘 아침 국 속에서 붉은 혁명의 역사는

인간을 베끼면서 초라해졌다

눈동자를 베낀 깊은 물

물에 든 고요를 베낀 밤하늘

밤하늘을 베낀

박쥐는 가을의 잠에 들어와 꿈을 베꼈고
꿈은 빛을 베껴서 가을 장미의 말들을 가둬두었다
그 안에 서서 너를 자꾸 베끼던 사랑은 누구인가
그 안에 서서 나를 자꾸 베끼는 불가능은 누구인가

포도나무를 태우며

서는 것과 앉는 것 사이에는 아무것도 없습니까
삶과 죽음의 사이는 어떻습니까
어느 해 포도나무는 숨을 멈추었습니다

사이를 알아볼 수 없을 만큼 살았습니다
우리는 건강보험도 없이 늙었습니다
너덜너덜 목 없는 빨래처럼 말라갔습니다

알아볼 수 있어 너무나 사무치던 몇몇 얼굴이 우
리의 시간이었습니까
내가 당신을 죽였다면 나는 살아 있습니까
어느 날 창공을 올려다보면서 터뜨릴 울분이 아직
도 있습니까

그림자를 뒤에 두고 상처뿐인 발이 혼자 가고 있
는 걸 보고 있습니다
그리고 물어봅니다
포도나무의 시간은 포도나무가 생기기 전에도 있

었습니까

  그 시간을 우리는 포도나무가 생기기 전의 시간이
라고 부릅니까

  지금 타들어가는 포도나무의 시간은 무엇으로 불
립니까
  정거장에서 이별을 하던 두 별 사이에도 죽음과
삶만이 있습니까
  지금 타오르는 저 불길은 무덤입니까 술 없는 음
복입니까

  그걸 알아볼 수 없어서 우리 삶은 초라합니까
  가을달이 지고 있습니다

네 잠의 눈썹

네 얼굴
아릿하네, 미안하다

네 얼굴의 눈썹은 밀물과 썰물 무늬,
하릴없이 닳은 몸자국을 안았구나
달눈썹에 얽힌 거미는
어스름한 잎맥을 그냥, 세월이라고 했다

어설픈 연인아
얼마나 오랫동안 이 달, 이 어린 비, 이 어린 밤
동안
어제의 흉터 같은 당신은 이불을 폈는지

어미별의 손은 너를 배웅했다
그 저녁, 울던 태양은 깊었네

그 마음에 맺힌 한 모금 속
한 사람의 꽃흉터에 비추어진 편지는

오래된 잠의 눈썹

시작 없어 끝 없던 다정한 사람아
네가 나에게는 울 일이었나 나는 물었다
아니, 라고 그대 눈썹은 떨렸다

네 눈썹의 사람아,
어릿하네, 미안하다

병풍

병풍 속에는 눈 분분한데 매화가 깨어났네
옹이 많은 가지를 잡고 꽃들은 다시 잠이 들었네
꽃 사이를 산보하던 검은 새들은 눈을 안고 자는
꽃잎 속으로 들어갔네

병풍 뒤에는
아직 눈을 감지 못한 한 사람 누워 있었네
가지 못했던 길 같은 손을 가슴 위에 모으고

병풍 속에는 난초 옆에서 봄바라기를 하는 개 한
마리 누워 있었네
훈풍이 불어 꽃의 가장자리는 따뜻하고도 그리웠네
화반에는 보라색 안개 같은 꽃들이 멍울처럼 돋아
났네

병풍 뒤에는
아직 눈을 감지 못한 사람의 눈물이 얼어 있었네
아직 만나지 못한 사람은 다시는 못 만날 눈물의

얼음이었네

　병풍 속의 아픈 감들은 공중에서 붉은 등을 켰네
　어부 하나 가을 물고기를 연잎에 싸서 집으로 가
고 있었네
　달을 바라보며 차를 다리는 사람은 귀양지에서 울
었네

　병풍 속의 대나무밭에는 첫눈이 내렸네
　토끼를 입에 문 늑대가 눈 위를 걸어가는 사람의
뒤를 따라갔네
　그 사람 등 뒤에도 죽은 꿩 하나 매달려 있었네

　병풍 뒤에는 그 눈밭을 걸어갈 사람 하나
　멍 든 발을 모으고 자고 있었네

　병풍 앞에서 곡비(哭婢)가 울 때
　가지 말라고 붙잡는 사람도 원 없이 잘 가시오, 보

내는 사람도

　그 사람이 두고 간 신발이 되었네

　더 이상 같이 나서지 못하는 신발이 되어 가지런
히 병풍 앞에 놓여 있었네

2부

딸기

당신이 나에게 왔을 때 그때는 딸기의 계절
딸기들을 훔친 환한 봄빛 속에 든 잠이
익어갈 때 당신은 왔네

미안해요, 기다린 제 기척이 너무 시끄러웠지요?
제가 너무 살아 있는 척했지요?
이 봄, 핀 꽃이 너무나 오랫동안
당신의 발목을 잡고 있었어요

우리 아주 오래전부터
미끄러운 나비의 날갯짓에 익어가던 딸기처럼 살
았지요
아주 영영 익어버린 봄빛처럼 살았지요

당신이 나에게로 왔을 때
시고도 달콤한 딸기의 계절
바람이 지나다가 붉은 그늘에 앉아 잠시 쉬던 시절

손 좀 내밀어
저 좀 받아주세요
푸른 잎 사이에서 땅으로 기어가며 익던 열매 같은
시간처럼 받아주세요

당신이 왔네
가방을 내려놓고 이마에 맺힌 땀을 닦네
저 수건, 태양이 짠 목화의 숨
작은 수건에 딸기물이 들 만한 저녁 하늘처럼
웃으며 당신이 딸기의 수줍은 방으로 들어와
불그레해지네 저 날숨만 한 마음속으로 지던
붉은 발걸음 하나

미안해, 이렇게 오라고 해서요
미안해, 제가 좀 늦었어요
한 소쿠리 가득한 딸기 속에 든
붉은 비운을 뒤적이는 빛의 손가락 같은 간지러움

당신이 오는 계절,
딸기들은 당신의 품에 얼굴을 묻고
영영 오지 않을 꿈의 입구를 그리워하는 계절

레몬

당신의 눈 속에 가끔 달이 뜰 때도 있었다 여름은
연인의 집에 들르느라 서두르던 태양처럼 짧았다

당신이 있던 그 봄 가을 겨울, 당신과 나는 한 번
도 노래를 한 적이 없다 우리의 계절은 여름이었다

시퍼런 빛들이 무작위로 내 이마를 짓이겼다 그리
고 나는 한 번도 당신의 잠을 포옹하지 못했다 다만
더운 김을 뿜으며 비가 지나가고 천둥도 가끔 와서
냇물은 사랑니 나던 청춘처럼 앓았다

가난하고도 즐거워 오랫동안 마음의 파랑 같을 점
심 식사를 나누던 빛 속, 누군가 그 점심에 우리의
불우한 미래를 예언했다 우린 살짝 웃으며 대답했
다, 우린 그냥 우리의 가슴이에요

불우해도 우리의 식사는 언제나 가득했다 예언은
개나 물어가라지, 우리의 현재는 나비처럼 충분했고
영영 돌아오지 않을 것처럼 그리고 곧 사라질 만큼

아름다웠다

레몬이 태양 아래 푸르른 잎 사이에서 익어가던
여름은 아주 짧았다 나는 당신의 연인이 아니다, 생
각하던 무참한 때였다, 짧았다, 는 내 진술은 순간의
의심에 불과했다 길어서 우리는 충분히 울었다

마음속을 걸어가던 달이었을까, 구름 속에 마음을
다 내주던 새의 한 철을 보내던 달이었을까, 대답하
지 않는 달은 더 빛난다 즐겁다

숨죽인 밤구름 바깥으로 상쾌한 달빛이 나들이를
나온다 그 빛은 당신이 나에게 보내는 휘파람 같다
그때면 춤추던 마을 아가씨들이 얼굴을 멈추고 레
몬의 아린 살을 입안에서 굴리며 잠잘 방으로 들어
온다

저 여름이 손바닥처럼 구겨지며 몰락해갈 때 아,

당신이 먼 풀의 영혼처럼 보인다 빛의 휘파람이 내 눈썹을 스쳐서 나는 아리다 이제 의심은 아무 소용이 없다 당신의 어깨가 나에게 기대오는 밤이면 당신을 위해서라면 나는 모든 세상을 속일 수 있었다

　그러나 새로 온 여름에 다시 생각해보니 나는 수줍어서 그 어깨를 안아준 적이 없었다
　후회한다

　지난여름 속 당신의 눈, 그 깊은 어느 모서리에서 자란 달에 레몬 냄새가 나서 내 볼은 떨린다, 레몬꽃이 바람 속에 흥얼거리던 멜로디처럼 눈물 같은 흰빛 뒤안에서 작은 레몬 멍울이 열리던 것처럼 내 볼은 떨린다

　달이 뜬 당신의 눈 속을 걸어가고 싶을 때마다 검은 눈을 가진 올빼미들이 레몬을 물고 향이 거미줄처럼 엉킨 여름밤 속에서 사랑을 한다 당신 보고 싶

다, 라는 아주 짤막한 생애의 편지만을 자연에게 띄
우고 싶던 여름이었다

포도

너를 잊는 꿈을 꾼 날은
새벽에 꼭 잠을 깬다

어떤 틈이 밤과 새벽 사이에 있다

오늘은 무엇일까

저 열매들의 얼굴에 어린 빛이
너무 짧다, 싶을 만큼 지독한 날이다

너를 잊다가 안는 꿈을 꾼다
그 새벽에 깬다

잎의 손금을 부시도록 비추던 빛이
공중에서 짐짓 길을 잃는 척할 때

열매들이 올 거다
네가 잊힌 빛을 몰고 먼 처음처럼 올 거다

그래서 깬다
너를 잊고 세계가 다 저물어버린 꿈여관,

여기는 포도가 익어가는
밤과 새벽의 틈새

수박

아직도 둥근 것을 보면 아파요
둥근 적이 없었던 청춘이 문득 돌아오다 길 잃은
것처럼

그러나 아휴 둥글기도 해라
저 푸른 지구만 한 땅의 열매

저물어가는 저녁이었어요
수박 한 통 사들고 돌아오는
그대도 내 눈동자, 가장 깊숙한 곳에
들어와 있었지요

태양을 향해 말을 걸었어요
당신은 영원한 사랑
태양의 산만한 친구 구름을 향해 말을 걸었어요
당신은 나의 울적한 사랑
태양의 우울한 그림자 비에게 말을 걸었어요
당신은 나의 혼자 떠난 피리 같은 사랑

땅을 안았지요
둥근 바람의 어깨가 가만히 왔지요
나, 수박 속에 든
저 수많은 별들을 모르던 시절
나는 당신의 그림자만이 좋았어요

저 푸른 시절의 손바닥이 저렇게 붉어서
검은 눈물 같은 사랑을 안고 있는 줄 알게 되어
이제는 당신의 저만치 가 있는 마음도 좋아요

내가 어떻게 보았을까요, 기적처럼 이제 곧

푸르게 차오르는 냇물의 시간이 온다는 걸
가재와 붕장어의 시간이 온다는 걸
선잠과 어린 새벽의 손이 포플러처럼 흔들리는 시
간이 온다는 걸
날아가는 어린 새가 수박빛 향기를 물고 가는 시
간이 온다는 걸

자두

익은 속살에 어린 단맛은 꿈을 꾼다 어제 나는 너의 마음에 다녀왔다 너는 울다가 벽에 기대면서 어두운 걸레로 바닥을 닦았다 너의 얼굴에는 여름이 무참하게 익고 있었다 이렇게 사라져갈 여름은 해독할수 없는 손금만큼 아렸다 쓰고도 아린 것들이 익어가면서 나오는 저 가루는 눈처럼 자두 속에서 내린다 자두 속에서 단 빙하기가 시작된다 한입 깨물었을 때 빙하기 한가운데에 꿈꾸는 여름이 잇속으로 들어왔다 이것은 말 이전에 시작된 여름이었다 여름의영혼이었다 설탕으로 이루어진 영혼이라는 거울, 혹은 이름이었다 너를 실핏줄의 메일에게로 보냈다 그리고 다시 자두나무를 바라보았다 여름 저녁은 상형문자처럼 컴컴해졌다 울었다, 나는 너의 무덤이 내가슴속에 돋아나는 걸 보며 어둑해졌다 그 뒤의 울음을 감당할 수 있는 것은 자두뿐이었다

오렌지

우리의 팔은 서로에게 닿으면서 둥글어졌다 묘지 근처 교회당에서 울리던 종소리처럼 그곳에서 우리는 서로 안았다 우리의 검고도 둥근 시간, 그리고 그 옆에서 오렌지 나무 하나가 흔들거렸다

누가 오렌지 화분을 들고 왔어! 장례식에 이토록 잔인한 황금빛 우물을? 우리는 항의했다

너는 말했다,
"나는 오렌지를 좋아했으니까 오렌지 열리는 더운 나라로 가서 하얀 집의 창문가에 앉아 달이 떠오르는 바다를 깨물고 싶었으니까"

오렌지 나무는 아무 말 없이 녹빛 그늘의 눈을 우리에게 주었다 단단한 잎은 번쩍거렸다 나는 너에게 둥글게, 임신 말기의 여름에 열리던 아주 둥근 열매처럼 단 한 번만 더 와달라고 말하려다 참았다

잘 가, 라고 말하는 순간 깊숙한 고요는 얼마나 너를 안고 빛의 아이를 낳고 싶어 하는가 나는 모른 체했다 그것이 오렌지가 열리는 여름에 대한 예의였다 오렌지 안으로 천천히 감기고 있는 너의 눈꺼풀을 나는 보았다

우리의 몸은 추상화가 아니었다 우리는 내일이라도 이 삶을 집어치우며 먼바다로 가서 검은 그늘로 살 수도 있었다 언제나 차마 그럴 수 없었다 몸은커녕 삶도 추상화가 아니어서

몸속 황금빛 동굴에는 반달 같은 오렌지 조각이 깨어져 있다 여린 껍질 속, 타원형 눈물들이 촘촘히 박혀 시간의 마지막 빛 아래에서 글썽거렸다 우리는 여름 속에 들어온 푸름이 아니라 푸름의 울음이었다

잘 가, 언젠가 우리 다시 만난다면 어떤 춤을 추면서 너와 나는 둥글어질까, 여름의 장례식, 우리는 오

래 나무 아래에 서 있었다 우리는 오렌지의 영혼을
팔에 안으며 혼자서 둥글어졌다 잘 가, 원점으로 어
두워가던 너의 발이여, 오렌지빛의 소풍이여

호두

숲속에 떨어진 호두
한 알 주워서 반쪽으로 갈랐다
구글맵조차 상상 못한 길이 그 안에 있었다

아, 이 길은 이름도 마음도 없었다
다만 두 심방, 두 귀
반쪽으로 잘린 뇌의 신경선,
다만 그뿐이었다

지도에 있는 지명이
욕망의 표현이
가고 싶다거나 안고 싶다거나 울고 싶다거나, 하는
꿈의 욕망이
영혼을 욕망하는 속삭임이
안쓰러워

내가 그대 영혼 쪽으로 가는 기차를 그토록 타고
싶어 했던 것만은 울적하다오

욕망하면 가질 수 있는 욕망을 익히는 가을은 이 세계에 존재한 적이 없었을 게요 그런데도 그 기차만 생각하면 설레다가 아득해져서 울적했다오 미안하오

호두 속에 난 길을 깨뭅니다 오랫동안 입안에는 기름의 가을빛이 머뭅니다

내 혀는 가을의 살빛을 모두어 들이면서 말하네, 꼭 그대를 만나려고 호두 속을 들여다본 건 아니었다고

오이

어라,

아직 여름길은 제대로 나지 않았는데
오이넝쿨의 손은 하늘을 더듬더라
그때 노란 꽃이 후두둑 피기 시작하더라
아직 여름길은 나지 않았는데
바다로 산책을 나간 새들은
오이 향을 데리고 저녁이 닫히기 전 마을로 돌아
오더라
오이꽃에서는 바다의 향기가 나더라
바다에 빠진 태양빛 같은 새들의 수다 속에서
꽃은 지고 오이 멍울이 화반에서 돋아나더라
여름길이 열리고 그 노란 꽃 가녘에
흰 나비는 스르르 속옷을 열더니 쪼그리고 앉더라
먼 사랑처럼 기어이 휘어지면서 오이가 열리든
말든

포도메기
―시인에게

네가 가져다 준 책 속에서 이름을 읽었네
애우치 민어 조기 숭어 강항어 게상어 망치어 날
치 노래미
이런 이름은 유배된 이가 먹을 갈면서
물고기 길이를 재는 저녁에 떠올리던
얼굴이었는지도

얼굴은 바닷길에 흩어졌고
어떤 이들은 봄날 흑산이 되었네
잘 가,라고 했는데 꼭 잘 자,라고 한 것 같다

아주 보내지 못할 편지 속 파랑 울음은
손톱 속에 든 전어 비늘 같은 초승달 되어
오한처럼 떠오른다

네가 이별처럼 꽁꽁 비닐테이프로 접어둔
봉지 속에 든 마른 파래를 물에 불린다
이별에 대한 항의는 마음속 찾지 못할 곳에

이런 비닐의 침묵을 붙여놓는지도

그리고 불어나는 파래는 푸르고 검다
바다의 베틀이 짜낸 흔들거리는 피륙
봉해놓은 자리는 아주 봉해지지 않아서
저녁쯤 이런 흑산에서 머물렀는데
이것도 네가 가져다주었지

네가 떠난 자리는 사리 때에 들어 가파르고
네가 다녀간 길에는 풍랑주의보가 내렸다
　흑산이 자산이어도 삼백 년 자물린 마음은 검분홍
공포
　독 든 우뭇가사리의 봄빛으로 떠올랐네

　먹가슴 안고 자잘한 무늬 많은 잠에 들었더니
　우리가 보낸 이들이 잴 수 없는 꿈의 깊은 곳에서
떠다닌다
　삼백 년 전 어떤 잠 속에서도 나는 이들을 보았네

포도메기 큰 놈은 한 자 남짓 모양은 홍달어를 닮았다.
눈알은 튀어나오고 빛깔은 검다. 얕은 녹두와 같은데,
수없이 모여서 어울어진 모양이 마치 닭이 알을 품은 것
과 같다. 나중이 서로 안고 돌 틈에 엎드려 새끼를 낳는
다. 침 흘리는 어린애에게 구워서 먹이면 약효가 있다.

　─ 정약전, '포도메기'편에서(『자산어보』, 정문기 옮김)

목련

뭐 해요?
없는 길 보고 있어요

그럼 눈이 많이 시리겠어요
예, 눈이 시려설랑 없는 세계가 보일 지경이에요

없는 세계는 없고 그 뒤안에는
나비들이 장만한 한 보따리 날개의 안개만 남았
네요

예, 여적 그러고 있어요
길도 나비 날개의 안개 속으로 그 보따리 속으로
사라져버렸네요

한데
낮달의 말은 마음에 걸려 있어요
흰 손 위로 고여든 분홍의 고요 같아요

하냥
당신이 지면서 보낸 편지를 읽고 있어요
짧네요 편지, 그래서 섭섭하네요

예, 하지만 아직 본 적 없는 눈동자 같아서
이 절정의 오후는 떨리면서 칼이 되어가네요

뭐 해요?
예, 여적 그러고 있어요
목련, 가네요

라일락

라일락
어떡하지,
이 봄을 아리게
살아버리려면?

신나게 웃는 거야, 라일락
내 생애의 봄날 다정의 얼굴로
날 속인 모든 바람을 향해
신나게 웃으면서 몰락하는 거야

스크랩북 안에 든 오래된 사진이
정말 죽어버리는 것에 대해서
웃어버리는 거야, 라일락,
아주 웃어버리는 거야

공중에서는 향기의 나비들이 와서
더운 숨을 내쉬던 시간처럼 웃네
라일락, 웃다가 지네
나의 라일락

3부

동백 여관

눈이 왔다

울음 귀신이
동백처럼 붉은 전화를
길게 걸어왔다

절〔寺〕은
눈처럼 흩날렸고
산은
눈처럼 흐느꼈고

아무도 잠들지 못하던 방은
눈처럼 떠나갔다

연필 한 자루

그렸다
꿈꾸던 돌의 얼굴을 그렸다
하수구에 머리를 박고 거꾸로 서 있던 백양목
부서진 벽 앞에 서서 누군가를 기다리던 어깨
붉게 울면서 태양과 결별하던 자두를 그렸다
칼에 목을 내밀며 검은 중심을 숲에서 나오게 하
고 싶었다
짧아진다는 거, 목숨의 한 순간을 내미는 거
정치도 박애도 아니고 깨달음도 아니고
다만 당신을 향해 나를 건다는 거
멸종해가던 거대 짐승의 목
먹다 남은 생선 머리 뼈 꼬리 마침내 차가운 눈
열대림이 눈을 감으며 아무도 모르는 부족의 노래
를 듣는 거
태양이 들판에 정주하던 안개를 밀어내던 거
천천히 몸을 낮추며 쓰러지는 너를 바라보던 오래
된 노래
눈물 머금은 비닐봉지도 그 봉지의 아들들이

화염병의 신음으로 만든 반지를 끼는 거
어둠에 매장당하는 나무를 보는 거
사랑을 배반하던 순간, 섬뜩섬뜩 위장으로 들어가
던 찬물
늦여름의 만남, 그 상처의 얼굴을 닮아가면서 익
는 오렌지를
그렸다
마침내 필통도 그를 매장할 때쯤
이 세계 전체가 관이 되는 연필이었다, 우리는
점점 짧아지면서 떠나온 어머니를 생각했으나
영영 생각나지 않았다
우리는 단독자, 연필 한 자루였다
헤어질 사람들이 히말라야에서 발원한 물에서
영원한 목욕을 하는 것을 지켜보며
그것이 음악이라고 생각하는 한 자루였다
당신이여, 그것뿐이었다

우연한 감염

만일 내가 태어나지 않았더라면 나는 이 모든 것을 몰랐을까 나의 출생지는 우연한 감염이었네 사랑이나 폭력을 그렇게 불러볼 수도 있다면

폭력에서 혹은 사랑에서 어디에서 내가 태어났는지 모르지만 지금 보고 있는 이 세계는 내기 태어나지 않았다면 나에게는 없는 것일까

태어나지 못한 태아라고 고독이 없는 것은 아냐 사랑의 태아 폭력의 태아 태어나지 못한 태아들은 어쩌면 고독의 무시무시함을 안고 태어나지 못한 별에서 긴 산책을 하는지도 몰라

태어난 시간 59분에서 아직 태어나지 않은 0시 사이, 미쳐버릴 것 같은 망설임으로 가득 찬 60초 속에는 태어나기 직전의 태아와 사라지기 직전의 태아가 서성거리네

태어나게 해, 태어나게 하지 마, 폭력이든 사랑이든 이건 조바심과 실망의 모래사막에 건설된 오아시스인데 나의 망설임은 당신을 향한 사랑인지 아니면 나를 향한 폭력인지

우연한 감염 끝에 존재가 발생하다가 갑자기 뚝 끊겨버리는 적막의 1초

어디론가 가버린 태아들은 태어나지 않은 오후 5시에 흘러나올 검은 비 같은 뉴스를 들으며 구약을 읽을 거야 그 뒤에 흘러나올 빗물 같은 레게 음악을 들으며 바빌론 점성가들에게 문자를 보낼 거야

모든 우울한 점성의 별들을 태아 상태로 머물게 해요, 얼굴 없는 타락들로 가득 찬 계절이 오고 있어요, 라고

문득,

새싹은 어린 새의 부리처럼 보였다

지난 초봄이었다

그리고 겨울은 왔다

억겁 동안 새들과 여행하면서

씨앗은 새똥을 닮아갔다

새똥도 씨앗을 닮아갔다

붉어져 술을 머금은 겨울 열매를 쪼면서

아직, 이라는 시간 속에 걸린 잎사귀를 보면서

문득,

새들은 제 깃털을 잎사귀 모양으로 바꾸었다

그 일이 억겁의 어디쯤에서 일어났는지 아무도 모

른다

얼음 눈빛으로 하얗게 뜨겁던

겨울 숲을 걷던 어느 날

그 열매의 이름을

문득,

알고 싶었다

새들이 잎사귀를 아리게 쪼다가

잎사귀 모양을 한 깃털을 떨구고 날아간 문득,
숲이 두터운 눈바람 속, 새이던 당신에게
날개의 탄생을 붉게 알려준
그 나무 열매의 이름이 알고 싶었다

너무 일찍 온 저녁

누군가 이 시간에 자리를 내주고 떠났다
아무도 세속의 옷을 갈아입지 못한 시간
태양은 한 알 사과가 된다

사과와 사과
뉘우치지 못해 어떤 이는 깊게 울었다

검은 옷을 입은 여자가 검은 물을 길어 창문을 넘
어오기 전
누군가는 태양을 과도로 깎았다
태양 한 조각 입안에 넣고 우물거렸다

그 방 안에 같이 사는 거미에게
태양 한 조각 거미줄에 걸어주며
점점 컴컴해지는 내장을 태양 조각으로 밝히고
있다

내장의 구멍은 후세로 난 길

안이 밝아지고 바깥이 어두워질 때
태양을 대신할 천체의 둥근 공들은
태양 한 점씩 먹고 거미줄에 걸려 환하다

그 저녁, 너무 빨리 와서
나를 집어먹은 짐승은 나다.
태양의 마지막 조각을 구멍 뚫린 하늘에 올렸네
젖은 내장도 어둠 속에 걸어두었네

그렇게 한 저녁은 모래뻘 속 바지락처럼 오고
바지락껍데기를 뭉개고 가는
트럭의 둥근 바퀴 밑 어둠 속

쓰게 쓰게 그렇게
조개들은 먼 무덤을 부르다가 잠든다

죽음의 관광객

한여름에 들른 도시에는 장례 행렬이 도자기를 굽는 집들이 있는 골목을 지나가고 있었다 하늘로는 도자기를 굽는 연기가 사막 쪽으로 울었다 동쪽으로 넘어가려다 총 맞은 스물한 살 청년이라고 했다

동쪽에는 지나가지 못하는 나라가 있고

이 도시 사람들은 동쪽을 바라보며 희망은 맨 마지막에 죽는 것이라고 했다, 마지막이라는 것이 너무나 뜨거워 잡을 수가 없을 때 희망은 사라지는 것이라고 했다

희망을 신뢰한 적은 없었으나 흠모하며 희망의 관광객으로 걸은 적은 있었지 별이 인간의 말인 희망을 긴 어둠의 터널 안에 가두고 먼지로 마셔버리는 것을 본 적도 있었지

눈동자 색깔이 다른 고양이의 고향이라는 도시에

서 택시기사에게 그 고양이를 본 적이 있느냐, 물어
보았으나 그는 미쳤소, 하는 표정으로 숯불에 구운
닭이나 먹다 가시오, 라고만 하더라

  그러다가 고양이 고기를 먹게 되는 건 아닐까, 만
화 캐릭터처럼 웃기게 생긴 고양이 기념물 앞에서
저건 사람이 그린 동물일까 동물이 개어놓은 사람의
표정일까를 망설이는 동안 태양이 제 몸을 다 벗다
가 슬그머니 어두운 옷을 집어 입으며 사라지는데

  장례 행렬이 지나갈 때 남자들은 울면서 밤하늘을
향하여 총을 쏘았고 하늘에 구멍이 뚫릴 때 청년이
아직 가슴에 피를 흘리며 우주의 난민이 되어 구멍
속으로 들어가고 있었네

  동쪽에는 지나가지 못하는 나라가 있고

내 손을 잡아줄래요?

어느 날 보았습니다

먼 나라의 실험실에서 생의학자가 내가 가진 인간
에 대한 기억을 쥐가 가진 쥐의 기억 안에 집어넣는
것을

나와 쥐는 이제 기억의 공동체입니다 하긴 쥐와
나는 같은 별에서 오랫동안 함께 살았습니다

사랑을 할 때 어떤 손금으로 상대방을 안는지 우
리는 아주 오랫동안 생각했지요 쥐의 당신과 나의
당신은 어쩌면 같은 물음을 우리에게 던질지도 모르
겠습니다

내 손을 잡아줄래요?

피하지 말고 피하지 말고

그냥 아무 말 없이 잡아주시면 됩니다

쥐의 당신이 언젠가 떠났다가 불쑥 돌아와서는 먼
대륙에서 거대한 목재처럼 번식하는 고사리에 대해

서 말을 할 때
　나의 당신은 시간이 사라져버린 그리고 재즈의 흐
느낌만 남은 박물관에 대해서 말할지도 모릅니다

　쥐의 당신이 이제 아무도 부르지 않는 유행가를
부르며 가을 강가를 서성일 때
　나의 당신은 이 계절, 어떤 독약을 먹으며 시간을
완성할지 곰곰히 생각합니다

　푸른 별에는 당신의 눈동자를 가진 쥐가 산다고
나는 말했지요, 당신, 나와 쥐의 공동체를, 신화는
실험실에서 완성되는 이 불우한 사정을 말할 때

　내 손을 잡아줄래요?
　피하지 말고 피하지 말고
　내가 왜 당신을 사랑할 수밖에 없는지
　그 막연함도 들어볼래요?

이건 불행이라고, 중얼거리면

모든 음악이 전쟁의 손으로 우리를 안아주는 그런 슬픈 이야기가 아닙니다

이건 사랑이라고, 중얼거리면

모든 음악이 검은빛으로 변하는 그런 처참한 이야기도 아닙니다

다만 손을 잡아달라는 간절한 몸의 부탁일 뿐입니다

내가 하지 않으면 내 기억을 가진 쥐가 당신에게 말할지도 모릅니다

내 손을 잡아줄래요?

나비그늘 라디오

햇살 속 흰 나비는 날개를 펼쳤다
날개의 어진 그늘은 검었다
마주 선 두 사람
마음 물결 사이로 펄럭이는 넝마 두 장
한 장의 넝마는 죽을 만큼 나비를 내쳤다
다른 한 장의 넝마는 내쳐진 나비를 안고 갔다

넝마 같은 세월을 햇빛에 말리며
라디오 속 노래들이 기절한다면
난 무얼 할까
바짝 마른 빨래 없는 계절이 지나가는데
울었던 흔적을 지워줄 내일은 없는데
나는 무얼 할까

바람은 꽃술을 안고
아둔하게 허공에서 자부라지는데
저 꽃술에 묻어온 빛의 손을 기어이
주먹으로 만들며 어둠 속으로 활보하는 라디오

안녕하세요, 오늘 전해드릴 곡은 내 우산, 입니다 사연은 이십 년 전 헤어진 연인이 폐암을 앓으면서 쓴 편지네요, 사랑은 이렇게 한 도시를, 물바다로 만듭니다 을숙아, 미안하다, 너 사랑해서

이런 천년의 고독을 쓴 마르케스 씨가 언젠가 천년 전에 돌아가셨습니다 날개 없는 나비들이 이 천년의 연못에 아주 붉은 그림자를 던질 즈음,

목포산 주꾸미, 고추장 양념을 넣고요 한 숨 끓어오르면 돌미나리를 넣고 향이 달아나지 않게 잽싸게 볶으세요, 아침의 셰프인 태양이 보내온 레시피입니다

서울 25도, 북풍이 분다고 일기예보는 말하네요 북방한계선에는 아무 일 없습니다 아이들은 북이나 남이나 죽어갑니다 내일은 오늘처럼 불명확한 바람

이 부니 주의하세요!

　빛을 돼지 떼처럼 몰면서
　해는 천천히 어떤 날로 가는구나

　펄럭이는 넝마 두 장은
　누런 배로 접혀서
　푸름이 기도하는 밤으로 가네

　이별 없이
　나비그늘마저 없이

온몸 도장

꽝!
그리고 저 온몸 도장
부딪힌 쪽이 더 선명하고 부딪칠 때 머리를 돌린
흔적까지 있는
유리창에 찍힌 새의 온몸 도장
새는 뇌진탕으로 추락했을까,
마당에 나가본다

없다, 새는. 고양이가 금방 다녀갔나
없다, 온몸 도장은 있다
없다, 유리창 이쪽과 저쪽 사이에는 제삼의 세계
가 존재하나
그 세계로 들어가는 문 앞에서 새는 온몸 도장을
찍었나

마당에는 빛만 가득하다
빛 속으로 온몸 도장마저 끔찍하게 사라진다
유리창에는 내 그림자만

검은 온몸 도장 같은 내 그림자만

사라지자!
끔찍하게 저 도장 너머로

그런 다음 무얼 하지?
아직 마당엔
빛의 연기가 하얀데
빛의 향기만이 멈추어 섰는데

아침 식사 됩니다

프랑스의 어느 협곡에서 발견된 매머드의 이름을
2012년 우리는 지어준다
오십만 년 전에 죽었다는 그 매머드를
이제 우리는 헬무트라고 부른다
물론 아직 매머드의 성별이 확인되지 않았으므로
앨리스라는 이름을 주자는 의견도 있었다

아침 식사 됩니다, 라는 현수막이 걸린 인간의 해
변까지 헬무트 씨를 데리고 왔다 식당 문을 열고 들
어가니 붉은 플라스틱 슬리퍼 한 짝이 보인다 해물
된장찌개 속 딱딱한 꽃게 다리를 젓가락으로 건드
린다 꼴뚜기의 다리도 환각처럼 찾아오는 발도 환
각처럼 사라져가는 발도 건드린다 몸통을 날개처럼
팔랑거리며 바닷속으로 날아가는 미역의 영혼도 건
드린다

헬무트 씨는 길게 한번 운다

현수막 밑 고무 다라이에는 낙지 두 마리 꾸물거

린다 그렇게 다리를 꾸불거리면서 아직 아무 데도 가지 못한다 우르르 사람들이 몰려와서 밥을 먹고 간 흔적도 고춧물이 든 플라스틱 용기들도 지옥으로 가든 천국으로 가든 아침 식사 되는 해변 식당에서 밥 먹고 가고 싶다는 마음도 어디로든 가지 못한다

낚시꾼들은 가까운 바다로 나간다 우럭을 잡아서 그 자리에서 회 친다 우리의 가장 다정한 조상 네안데르탈인들이 헬무트 씨의 고기를 구울 때, 그 표정으로 낚시꾼들은 우럭의 투명한 살을 저민다 인간의 문명에서 시간의 차이를 드러내는 것은 양념이다 그 때에는 빨간 초장 푸른 와사비는 없었다 시간을 달이며 고독해지던 간장도

헬무트 씨는 길게 한번 운다

신문지를 깔아놓고 손가락이 아홉뿐인 내 또래의 남자가 부추를 다듬는다. 주방에서 여자가 나온다

남자가 다듬어놓은 부추를 한 움큼 집어가서는 젓갈
에다 고춧가루로 금방 버무려 내게 가져온다 밥냄새
와 해물된장찌개 사이에 계란프라이가 겨울달처럼
떠 있다

헬무트 씨는 길게 한번 운다

더 달라고 하세요, 모자라면
남자는 나를 흘깃거리며 바라보다가 기어이 묻는다
그 나이에 혼자 여행 왔습니까?

나는 망설이다 간신히 말한다
바로 그 나이라서요, 혼자 여행을 하다 어떤 사랑
의 말도 폐기할 수 있는 그 나이라서요

이 나이가 되도록 화장을 하지 않은 얼굴이 민폐
가 되지 않게 고개를 숙인다 버려둔 어머니를 얼굴
에 달고 다니는 사람처럼 나는 국에 얼굴을 박는다

국의 입김은 가냘프다 마치 발이 잘린 조개처럼 세
계를 오므린다

　헬무트 씨는 길게 운다 오십만 년 전 네안데르탈
인에게 잡혀 먹힌 그는 이 해변에서 길게 운다
　아침 식사 됩니다, 라고

돌이킬 수 없었다

언젠가
돌이킬 수 없는 일이 있었다
치욕스럽다, 할 것까지는 아니었으나
쉽게 잊힐 일도 아니었다

흐느끼면서
혼자 떠나버린 나의 가방은
돌아오지 않았다

비가 오는 것도 아니었는데
머리칼은 젖어서
감기가 든 영혼은 자주 콜록거렸다

　누런 아기를 손마디에 달고 흔들거리던 은행나무
가 물었다, 나, 때문인가요?
　첼로의 아픈 손가락을 쓸어주던 바람이 물었다,
나, 때문인가요?
　무대 뒤편에서 조용히 의상을 갈아입던 중년 가수
가 물었다, 나 때문인가요?

누구 때문도 아니었다
말 못 할 일이었으므로
고개를 흔들며 그들을 보냈다

시간이 날 때마다 터미널로 나가
돌아오지 않는 가방을 기다렸다

술냄새가 나는 오래된 날씨를 누군가
매일매일 택배로 보내왔다

마침내 터미널에서
불가능과 비슷한 온도를 가진
우동 국물을 넘겼다

가방은 영원히 돌아오지 않을 거라는
예감 때문이었다
그 예감은 참, 무참히 돌이킬 수 없었다

아사(餓死)

마지막 남은 것은 생후 4개월의 소였다

씨앗을 뿌리지 못한 밭은 미래의 지평선처럼 멀

었고

지평선 뒤에 새로 시작되는 세계처럼 거짓이었다

아이는 겨우 소를 몰았다

소는 자꾸만 주저앉았다

아이의 얼굴이 태양 아래에서 검은 비닐처럼 구겨

졌다

소의 다리가 태양 아래에서 삼각형으로 고꾸라졌다

인간의 눈은 태양신전이 점령한 전쟁터 임시병원

이었고

짐승의 눈은 지옥신전에 갇힌 포로였다

아이는 두 팔로 소를 밀었다

소는 앞으로 나아가지 않았다

아이는 윗몸을 다 기대며 소를 밀었다

소는 그 자리에서 주저앉았다

아이도 주저앉아 소를 밀었다

소는 빛 속에 주저앉아 눈을 감았다

아이는 소를 제 품에 안았다
둘은 진흙으로 만든 좌상이 되어간다
빛의 섬이 되어간다
파리 떼가 몰려온다
파리의 날개들이 빛의 섬 위에서
은철빛 폭풍으로 좌상을 파먹는다
하얗게 남은 인간과 짐승의 뼈가 널린 황무지
자연을 잡아먹는 것은 자연뿐이다

나의 가버린 헌 창문에게

잘 있니?

환각의 리사이클장에서 폐기되던 전생과 이생의 우리

그리고 미래의 오염된 희망으로 살아가다가 결국 낙엽이 된 우리

우리는 함께 철새들을 보냈네

죽음 어린 날개로 대륙을 횡단하던 여행자

먼 곳으로 떠나가는 모든 것들에게 입맞춤을 하면

우리의 낡은 몸에는 총살당한 입김만이 어렸네

잘 있니?

우리는 낙과들이 곪아가던 가을 풀밭에서

뭉그러지는 육체 속으로 기어들어가

술 취하던 바람을 들었네

먼 시간 속에 시커멓게 앉아 있는 아버지

살해당한 아버지에게 살해당한 이들을

고요하게 매장했던 바다의 안개 소리도 들었네

총소리였니?

아니, 돌고래가 새벽의 태양을 바라보며 출산과
죽음을 준비하던 순간이었니?

잘 있으면 좋겠다, 그 사람들

춥겠다 덥겠다 아프겠다 배고프겠다

그들은 없는 이들 보이지 않는 자연의 천사

나뭇잎이 떨어진다

눈썹 없이 의지 없이 기억 없이

사각의 틀에 갇혀버린 옆 마을의 나치 할아버지,
두줄무늬 늙은 나비, 지던 페르시아 퀸 장미, 위대한
가을의 국화, 휠체어에 앉아 있던 아이패드 5의 햇살
욕설, 오던 구급차와 가던 장의차, 토해놓은 사랑과
죽음으로도 돌이킬 수 없던 나날들, 고양이가 마시
던 오후의 커피, 고요히 돌아와 창백한 별의 심장을
안아주던 어둠조차 사각의 관 속에 든 정물화가 되
어가던 시간을 함께 보내던

나의 헌 창문

잘 있니?
환각의 리사이클장에서
영원히 폐기될 우리 사각의 영혼
밤거리를 걷다가 모르는 이들에게 얻어맞고도
울지 못해서 사각의 틀에서 튕겨져 나온 우리 영혼
산산이 부서진 영원의 사금파리 그 곤충의 눈
잘 있니?

우산을 만지작거리며

우산을 만지작거리며 아무 데도 가지 않았다 삶과 연애 중이라고 생각하라고 심리상담사는 말했다 우산을 만지작거리며 나가볼까 생각한다 생계를 위해서라면 나가야 한다고 생각한다

먹는 것보다 자는 것이 중요하다고 심리상담사는 말했다 사는 것보다 죽는 것이 더 중요하다고 말했더라면 이해할 수 있었을 것이다 나는 가끔 심리상담사를 죽이는 꿈을 꾸다가 그가 내 얼굴을 달고 있는 장면에서 꼭 잠을 깬다 내 얼굴을 향하여 내가 칼을 들이밀고 있었으므로

그때 그 어느 날 심리상담사에게 죽은 허 씨에게, 라고 시작되는 편지를 보여주지 말아야 했다 얼어 죽은 국회에게, 라는 편지도 맞아 죽은 은행에게, 우주로 납치된 악몽에게, 달에 있는 나의 거대한 저택에게, 라고 시작되는 편지도 어떤 편지도, 아니 내가 끊임없이 편지를 쓰는 식물이라고 고백하지 않는 편

이 나았다

　나는 동물의 말을 하는 식물입니다
　나는 희망의 말을 하는 신입니다
　나는 유곽의 말을 하는 관공서입니다
　나는 시계의 말을 하는 시간입니다
　나는 개가 꾸는 꿈입니다
　등등의 고백도 하지 않는 편이 나았다

　하지만 고백하고 말았다(물론 나는 그걸 강제된 고
백이라고 부르고 싶기는 하다) 나라는 나쁜 인간을 방
어할 무기가 나에게는 필요하다 나를 공허하게 버려
줄 무기가 너에게는 필요하다

　우산을 만지작거리며 오늘 오후에 있는 그와의 약
속을 생각한다 불투명한 유리가 끼워진 대기실도 대
기실에 붙여둔 자살 위험이 있는 사람들의 일곱 가
지 특징에 대해서도 내가 읽어보면 그들은 다 살지

못해서 안달한 사람인데 심리상담사의 꼬임 혹은 그
의 인턴이 건네주던 하얀 줄이 박힌 푸른 사탕 때문
에 나처럼 고백을 한 사람들일 뿐인데

　우산을 만지작거리며
　나는 웃는다 울 일이 없어서 심란한 아이 같다

4부

수육 한 점

이 한 점 속, 무엇이 떠나갔나
네 영혼

새우젓에 찍어서
허겁지겁 삼킨다

배고픈 우리를 사해주려무나
네 영혼이 남긴 수육 한 점이여

오래된 일

네가 나를 슬멋 바라보자
나는 떨면서 고개를 수그렸다
어린 연두 물빛이 네 마음의 가녘에서
숨을 가두며 살랑거렸는지도
오래된 일
봄저녁 어두컴컴해서
주소 없는 꽃엽서들은 가버리고
벗 없이 마신 술은
눈썹에 든 애먼 꽃술에 어려
네 눈이 바라보던
내 눈의 뿌연 거울은
하냥 먼 너머로 사라졌네
눈동자의 시절
모든 죽음이 살아나는 척하던
지독한 봄날의 일
그리고 오래된 일

사진 속의 달

이것은 슈퍼문이다
이것은 언젠가 슈퍼문이 있었다는 증거다
그리고 이것은 네가 내 옆에서
달을 보았다는 증거는 아니다
왜 얼굴 없는 바람은 저렇게 많은 손가락을 가져서
네가 떠난 자리를 수천 개의 장소로 만드는지
왜 네가 떠났는지 말해줄 수도 없다
다만 사진 속의 달이다
달을 기다리며 저 언덕에 서 있다가
우리가 나누어 마셨던 녹차의 흔적도 없다
술 대신 마셨다
네 건강의 슈퍼문이 다쳤다고 했다
구운 고기도 짠 김치도 없는 녹차 잔 속의 슈퍼문
다만 사진 한 장
그 앞에서 널 생각하는 것은 지병이어서
지난밤 베개에 옴폭 파인 홈처럼
이유가 있을 리 없다
지병의 기원을 슈퍼문 사진 한 장이
알려줄 리 없다

발이 부은 가을 저녁

무슨 일이 있었던 건 아니지만 오래 걸었습니다
저녁을 말아먹고 검어지는 수제비마당에
대야를 내놓고 발을 담급니다

걷다가 아주 많은 발을 보았습니다
말, 양과 돼지 오리와 토끼의 발 자전거 자동차의
발도
빌딩이라는 황무지를 걷다가
김밥을 넘기며 잠시 멈춘 발도

지금쯤 그들의 발도 퉁퉁 불어 있을 겁니다
모두들 걷고 있었으니까요
심지어 낙엽도 온몸으로 걷고 있었습니다

바람은 파스를 붙인 어깨로
늙은 호박의 가장자리를 말리고
마당 그늘에서 고사리는 갈빛의 우산을 펴네요

여름길 걷느라 지쳐서 낡은 구두는
늙은 소처럼 어둠 속에 웅크립니다
앞으로 걸으려던 발자국들이 미숙한 아이로 남은
이 저녁

별들에게는 빛이 발이었나 봅니다
대야는 별빛으로 가득합니다
퉁퉁 부은 발에 시퍼렇게 청태가 끼어
빛이 되는 건 천체의 일이겠지요

별빛의 퉁퉁 부은 발을 물끄러미 바라보다가
아직도 걷고 있는 이 세계의 많은 발들을 생각합
니다
바다를 걷다 걷다가 결국 돌아오지 못한 발들에게는

차마 안부를 묻지 못할 거라 생각하니 사무칩니다
바닷속의 발들을 기다리는 해안의 발들이
퉁퉁 부어 있는 가을 저녁입니다

방향

검푸른 비닐장갑을 낀 손이었다

저기에서 굴이 자란다고 하던 반백의 한 사람 손
이었다

여자의 몸으로 태어난 남자였다

그는 방향을 가리키는 모든 손가락을 숨긴다고 했다

어머니가 그랬어요, 우리 병원 갈까, 네 병을 치료
할 수 있을 거야 병이 아니라 자연이었어요,라고 말
할 때 아버지는 가죽 채찍으로 내 엉덩이를 쳤어요
굶을 걱정 없으니 엉덩이가 잘못된 거래요 나는 말
했어요,

아버지, 뭘 아세요! 나는 아버지의 채찍을 잡으며
당신이 내 유사자연이라고 울부짖었어요, 당신은 당
신 말고 믿는 빛이 있었나요? 당신의 족보에서 달달
떨던 발가락을 도려내며 당신이 내 자연을 관리하려
고 할 때, 내 엉덩이는 얼음바람 속에서 관 없는 무
덤을 찾아요 아무런 번식이 일어나지 않는 밥맛없는

계절은 오고 엉덩이는 당신의 2014년 생산적인 체계 안 생식불능의 박스 안에 있었네 나, 생식 못 하는 자, 그의

　장갑 속, 손가락은 보이지 않았고 부표는 흔들렸다 산란기였다
　수컷인 굴이 암컷으로 변할 때
　물결은 숨을 죽이면서 전환 속으로 걸어 들어왔다
　오가는 우체부여서 물결의 발자국은 부어올랐다
　껍데기를 열던 칼에 도려진 바람과
　저녁의 허기를 잦아드는 빛으로 채운 수평선, 굴은 아렸네

　아림 속으로 돋아나는 살의 적막한 빛에 침묵하는 철망을 바라보다가 그는 장화를 벗으며 물에 튼 손가락을 만졌다 그리고 그가 바닷바람에 모든 방향을 보냈을 때 굴이 제 껍데기에 아주 도착하는 시간이 왔다

우리 브레멘으로 가는 거야

우리 브레멘으로 가는 거야
죽음을 당하기 전에
브레멘으로 가면 뭐가 있을지 아무도 모르지만
그곳에 가면 음악대에 들어갈 수는 있다고
늙은 나귀가 말했지

브레멘이라고 들어봤어?
그곳은 어디에 있나?
그곳이 있기는 하나?

더 이상 죽음 없이 견딜 수 있는 흰 시간은 오지
못할걸
이 세계에서 빛이 가장 많은 곳에
가장 차가운 햇빛 떨어지고
죽음보다 조금은 나은 일들이 그곳에서 우리를 기
다리고 있다네

우리 브레멘으로 가는 거야

이 세계에는 없는 곳으로 가는 거야
나귀와 개, 고양이와 수탉이 되어
주야장천 붉은 음악에 몸을 흔들면서
없는 곳을 찾아가는 여행을 하다가

도둑의 집 그 심장 속에서
음악을 허겁지겁 집어 먹으며
물어보는 거야
아니, 브레멘이라는 곳은 도대체
있는 거요, 없는 거요

루마니아어로 욕 얻어먹는 날에

비는 오고
광장에 앉아서 구걸을 하는 여자 거지
루마니아에서 왔네
아침에 나와 다섯 시간 동안 구걸을 하다가
그녀는 번 돈을 들고 조직의 대장에게 간다
대장은 여자에게 돈을 받고
여자의 아들을 돌려주네
동전을 주려다 나는 멈칫하네
그녀를 감시하는 대장의 눈길이 여자의 어깨에 있어
루마니아에서 태어나 나치에게 부모를 잃고
오스트리아를 거쳐 파리로 갔다가
마침내 파리에서 자살한 시인을
아느냐고 나는 물어볼 수가 없었네
내가 멈칫하자 여자는 나를 향해서 욕을 하기 시
작하네
비는 오고
나는 여자의 욕설을 맞네
여자의 욕을 알아들을 수 없네

루마니아어로 하는 욕은 비만큼 낯설어
칠십 년 전 이 광장에서
히틀러 만세를 외치던 사람들만큼 낯설어
그 와중에 죽은 시인을 떠올리는 나도 낯설어
우리는 서로서로에게 낯선 역사적인 존재들
비는 오고
우리는 젖고 욕도 젖고

매캐함 자욱함

팔을 잃은 남자는 마을 묘지에서 일했다
새벽 산책길에는 그가 밤에 했던 질문들이 나뭇잎
처럼 뒹굴고 있었다
그 질문들을 주워서 읽었다

팔을 잃어버리고도 안을 수 있는 것이 있는지
흙은 인간의 팔이 해주는 포옹을 기억하는지
삽으로 흙을 파는 건지 땅에 상처를 주는 건지

해 질 무렵 묘지에서 그 남자가 누군가의 이름을
부르는 것을 들었다
나는 그 이름이 산 자의 것인지 죽은 자의 것인지
몰랐다
남자의 목소리가 거의 죽음에 임박한 짐승 소리와
같다는 생각을 하는 순간

다만 매캐하고 자욱했다
낙엽을 모아 태우던 시간은 불꽃을 삼키며 허기를

채우는데

　나도 오지 않는 사람의 이름을 불러보았다
　나도 몇 장의 허기처럼 뒹굴 나뭇잎들을 산책길에
떨구었다

　그도 멀리서 누군가의 이름을 부르면 아플까
　내 목소리도 그의 이름을 부를 때 그런 목소리가
되는가
　그리고 그런, 이름들은 무엇이었는가

　가을이었다 매캐한 것들이 눈가로 모여드는 계절
이었다
　가을이었다 매캐한 것들이 눈가로 모여들어 자욱
해지는 계절이었다

운수 좋은 여름

테러리스트가 내일 지날 길을 오늘 걸어서 납치당
하지는 않았다 지진이 난 도시의 여관에 한 달 후에
자지 않아서 내가 잠잔 여관이 폭삭 내려앉는 것을
텔레비전으로 볼 수도 있었다

하염없이 걷다가 아, 이대로 이 금빛 들판, 떠나도
괜찮겠다 했다 어디 다시 도착해도 좋겠다 했다 천
지간, 그 사이에서 실종되어도 그만 그러려니 했다
그래서 내 여름의 신발은 닳았다

시간의 가슴에서 또 하나의 시간이 나와 태양을 가
두었다 세상은 컴컴해졌다 비가 왔다 그 비를 맞으며
바위들은 어둑어둑 가슴 바깥으로 걸어 나갔다

바위에다 자신의 영혼을 나누어 주었던 독수리는
무슨 말을 하고 싶었을까 흙은, 이제 막 우리가 깨워
낸 흙은 가슴에 묻어둔 토기를 보여주며 침묵했다

토기는 발을 잃은 채 하늘의 서재에 꽂혀 있고 별들은 하늘의 서재에 가득 찬 책장을 넘겼다 밤의 벌들은 꿀을 모으는 것이 아니라 꽃의 잠을 모았다 그 잠 속에서 나는 이렇게도 하릴없이 중얼거렸다,

당신 참 나쁘다 당신 참 이쁘다 운수 좋은 여름이라서 당신과 아주 조금만 헤어졌다 떨리던 여름은 고요한 몸이 되어 멀리 있는 당신을 안았다

섬이 되어 보내는 편지

나는 내 섬에서 아주 오래 살았다
그대들은 이제 그대들의 섬으로 들어간다

나의 고독이란 그대들이 없어서 생긴 것은 아니다
다만 나여서 나의 고독이다
그대들의 고독 역시 그러하다

고독은 나쁜 것도 좋은 것도 아니지만
기필코 우리를 죽이는 살인자인 것은 사실이다

그 섬으로 들어갈 때 그대들이 챙긴 물건은
그 섬으로 들어갈 때 내가 챙긴 물건과 비슷하겠
지만
단 하나 다른 것쯤은 있을 것이다

내가 챙긴 사랑의 편지지가
그대들이 챙긴 사랑의 편지지와 빛이 다른 것

그 차이가 누구는 빛의 차이라고 하겠지만
사실은 세기의 차이다
태양과 그림자의 차이다
이것이 고독이다

섬에서 그대들은 나에게 아무 기별도 넣지 않을
것이며
섬에서 나도 역시 그러할 것이다

그래서 섬이 되어 보내는 편지 속에는 눈물이 없다
다만 짤막한 안부 인사만, 이렇게

잘 지내시길,
이 세계의 모든 섬에서
고독에게 악수를 청한 잊혀갈 손이여
별의 창백한 빛이여

유령들

　유모차 느리게 지나가는 지팡이 짚은 노인 자전거를 타고 가는 젊은 학생들 쿨럭거리는 기침 소리 비둘기들 최루탄 죽어서 해안으로 밀려온 밍크고래 백일 동안 한 번도 쉬지 않고 날아서 대양을 건넌다는 새들 사기꾼의 얼굴 선의와 악의가 겹치는 회색의 지점에 비는 내리고 지중해에서 물에 빠져 죽은 사람들이 이 독일의 도시를 걸어다녔지 저 성당 앞에서 죽은 채 뻗어 있는 지빠귀 좀 봐. 그 옆에서는 이 봄의 매발톱꽃이 피어나는데 국회에서는 난민 때문에 드는 돈은 누가 부담할 거냐고 묻는다

　그러니까 조금 더 나은 삶을 꿈꾸다가 물에 빠져 죽는 것이 21세기의 일입니다
　가축을 실어나르는 배로도 쓰이지 못하는 배를 타고 지중해를 건너다가
　울었던 울음은 에볼라의 열로 죽었습니다
　왜 밍크고래는 해안으로 죽은 채 걸어왔을까요
　사천여만 원에 낙찰되어 대한민국 국고에 귀속되

었을까요

　밍크고래는 대한민국과는 아무 상관 없이 살다가
죽었다는데요

　빛을 집어먹는 무언가가 봄저녁에 꽃잎을 지게 하
고 내 사랑하는 사람들은 쉴 새 없이 운다

　그래서 하는 말이기도 하지
　우리가 함께 살았던 별은 그때 폭발해버렸다고
　가끔 바람이 심어놓은 씨앗에서
　우리 별에 살던 매발톱꽃이 피어나기도 하지
　그러다 봄 어둠 속에서 별들이 지네

　별들이 많다고 쓰다가 이생에 다시 만날 사람들의
숫자가 자꾸 줄어들고 있다는 생각을 한다. 더러 만
나보지도 못했던 유령들도 있어서 누군가 영혼의 물
을 따라주자 나는 그걸 눈물이라고 부를 수도 있었네

새벽이면 내게서 나간 새들은 울었고

새 없는 내 속에는 공허를 집어 먹는 괴물이 새들
의 날갯짓을 울음으로 들었다

빙하기의 역

오랜 시간이 지났다 그리고 우리는 만났다
얼어붙은 채
누구도 기억하지 않는 역에서

내 속의 할머니가 물었다. 어디에 있었어?
내 속의 아주머니가 물었다, 무심하게 살지 그랬
니?
내 속의 아가씨가 물었다, 연애를 세기말처럼 하
기도 했어?
내 속의 계집애가 물었다, 파꽃처럼 아린 나비를
보러 시베리아로 간 적도 있었니?
내 속의 고아가 물었다, 어디 슬펐어?

그는 답했다, 노래하던 것들이 떠났어
그것들, 철새였거든 그 노래가 철새였거든
그러자 심장이 아팠어 한밤중에 쓰러졌고
하하하, 붉은 십자가를 가진 차 한 대가 왔어

소년처럼 갈 곳이 없어서
병원 뜰 앞에 앉아 낡은 뼈를 핥던
개의 고요한 눈을 바라보았어

간호사는 천진하게 말했지
병원이 있던 자리에는 죽은 사람보다 죽어가는 사
람의 손을 붙들고 있었던 손들이 더 많대요 뼈만 남
은 손을 감싸며 흐느끼던 손요

왜 나는 너에게 그 사이에 아무 기별을 넣지 못했
을까?

인간이란 언제나 기별의 기척일 뿐이라서
누구에게든
누구를 위해서든

하지만
무언가, 언젠가, 있던 자리라는 건, 정말 고요한

연 같구나 중얼거리는 말을 다 들어주니

　빙하기의 역에서
　무언가, 언젠가, 있었던 자리의 얼음 위에서
　우리는 오래 즐거운 시간을 보냈다, 아이처럼
　아이의 시간 속에서만 살고 싶은 것처럼 어린 낙
과처럼
　그리고 눈보라 속에서 믿을 수 없는 악수를 나누
었다

　헤어졌다 헤어지기 전
　내 속의 신생아가 물었다, 언제 다시 만나?
　네 속의 노인이 답했다, 꽃다발을 든 네 입술이 어
떤 사랑에 정직해질 때면
　내 속의 태아는 답했다, 잘 가

가을 저녁과 밤 사이

옥수수밭으로 해는 졌네 불그스레한 공기 속에 스
며든 그 무엇, 그러나 예기치 않은 일은 벌어지지 않
았네 노을 속에서 나무는 붉은 운명의 운동을 멈추
었네 사기당한 사람의 통장 속 날아가는 마지막 지
폐 흐린 손수건을 흔들며 이 세계 흐르지 않는 물속
으로 빈 통장은 가라앉았네

돌이킬 수 없는 짠 사랑의 보리굴비를 가을물에
밥 말아 먹다가 한 사람 울었네 눈물 많은 이의 지문
너무 자주 들여다본 편지는 사라지네 골목에는 아무
일 없어 언제나 같은 노래만 흘러나왔네 모두들 오
늘 하루를 사랑하며 잠이라는 짐승의 숨 속으로 들
어갔네

그 숨 속에서 누군가 너를 구워 먹었네 맛이 짜다,
하여 서기는 요리서에다 갈빛 가을 음식으로 너,라
는 고기를 적었네 먼 강물에서 흙맛이 나는 물고기
는 피리를 불다가 돌 속으로 숨었네 어떤 이는 날 사

랑하냐고 물었고 누군가는 그런 걸 믿느냐고 물었네

　사랑이 무어냐?

　당신을 두고 가는 거라고 대답했을 때 아, 우리는
멍들었네 이런 간단한 답은 이 가을을 매장한 삽만
이 알 수 있었네 시체를 부검하는 칼은 초승달처럼
섬뜩하게도 가늘었네

너, 없이 희망과 함께

너는 왔고 이 세기의 어느 비닐영혼인 나는 말한다, 빌딩 유리 벽면은 낮이면 소금사막처럼 희고 밤이면 소금이 든 입처럼 침묵했다 심장의 지도로 위장한 스카이라인 위로 식욕을 잃어버린 바람은 날아갔다

너는 왔고 이 세기의 모든 비닐영혼은 말한다, 너, 없이 나는 찻집에 앉아 일금 3유로 20센트의 희망 한 잔을 마셨다, 구겨진 비닐영혼은 나부꼈다, 축축한 반쯤의 태양 속으로

너는 왔는데도 없구나, 새롭고도 낡은 세계 속으로 나는 이미 잃어버린 것을 다시 잃었고 아버지의 기일에 돋는 태양은 너무나 무서웠다

너는 왔고 이 세기의 비닐영혼은 말한다, 네 손에서는 손금이 비처럼 내렸지 네가 왔을 때 왜 나는 그때 주먹을 쥐지 않았을까, 손가락 관절 마디마다 돋

아드는 그림자로 저 완강한 손금비를 후려치지 않았
을까

　너는 왔고 이 세기에 생존한 비닐영혼은 손금에서
내리는 비를 피하려 우산을 편다 너, 없이 희망이여
몇백 년 동안 되풀이된 항의였던 희망이여 비닐영혼
은 억울하다,

　너, 없이 희망과 함께

지구는 고아원

태양은 나를 오늘도 고아로 남겨두었다
노을로 부풀어 오르는 저녁을 던져주고
태양은 떠나가고
고아였네, 우리는
반나절의 그리고 영원의 고아
시간의 실을 양 떼의 무심한 먹이와 바꾸던 고아

감자의 껍질을 벗기면서
고아는 무심하게 말한다,
이 감자는 이집트산 오가닉 고아
슈퍼마켓 비닐망 안에서 위태롭게
흔들거렸던 황갈빛 감자 피라미드, 그 문명도 오
가닉 고아

고아는 태양이 보고 싶다만
우리를 남겨두는 것이 당신의 모성이어서
냄비에서 오가닉 고아들은 끓는다
고아들은 말없이 울부짖으며 저녁을 끓인다

어느 날 우리 모두는 태양을 고아로 남겨둘 것이다
지구는 매일매일의 고아원,

진주시 배고픈 신안동에 살던 영덕이, 내 여덟의
늦가을, 주린 눈으로 마지막 밤 한 톨을 던져주던 영
덕이 수경아! 밤이 꿀맛이여! 맞아라, 이 꿀밤을!

어미의 다리 사이에서 평화를 발견한 모든 이들
에게
저녁이 축복을 보낼 때
영덕이의 눈빛에는 어미가 없었다
그리고 영덕이는 떠나갔다 나는 모른다,
네가 어디에 있는지

쉰 살이 되어가는 내 꿈의 낯선 입은 묻는다네,
지구여 네 바깥에는 태양 및 별들이
고아로 남겨져 있는가?

푸른 들판에서 살고 있는 푸른 작은 벌레

바지에 묻어온 벌레를 털어내었다
언젠가 누군가를 이렇게 털어낸 적이 있었다
털리면서도 나의 바짓단을 누군가는 무작정 붙잡
았다
나는 더 모질게 털어내었다
서늘하고 아팠다
벌레여 이 바지까지 온 네 삶은 외로웠나
이렇게 말하는 건 나, 중심적임을 안다네,
사라져가는 생물들이 쉬는 마지막 숨을
적어본 적이 없고
모든 살았던 것들의 눈동자 역사를
적어본 적도 나는 없었으므로

벌레가 떨어져나간 자책의 자리
오늘은 뭘 먹을까
흰밥에 붉은 기러기발 같은
무말랭이의 오후를 먹을까
내 바지에서 떨어져나간 날개 달린 벌레가

아직 날지 못할 때

내가 한사코 털어내던

그날의 발길을 잡던 당신과 한 상 같이 먹고 싶다

푸른 벌레가 점심 걱정을 하는 오후가 되어

들판이 점심 걱정을 하면서 푸르러지는 오후가
되어

벌레가 나를 벌레적으로 생각하며 푸르러지는 오
후가 되어

겨울 병원

겨울 병원은 영원한 얼음처럼 지워져갔다
그걸 보면서 눈은 생각한다
인간은 없다, 아니 인간을 달리 부를 단어가 없다

(겨울 병원의 밤은 혈관에 피를 실어 나르는 나뭇가
지, 붉고도 검은 길 혈관을 다 내놓고 물구나무로 서 있
던 옛날의 우리같이, 혈관이 이렇게 황폐되기 전 우리
는 사랑의 모든 몸을 안고 싶었다, 나무들의 물구나무
선 혈관, 그 굶주린 석양을 양말로 신으려고)

옆 병실에서 누군가 온 힘을 다하여 비명을 내지
를 때
간호사의 급한 발걸음은 지는 꽃처럼 소리 없이
운다

눈의 울음은 단어인가
언어의 비명 끝에 불러보는 이름인가
누군가 울 때

그건 물음일까 답일까
영원 빙벽을 무너뜨리는 인간의 자동차
미세먼지 필터
아하! 그 더러운 손수건, 그건 호흡일까

사랑이여 더러운 손수건을 흔들며
겨울이 사라질 때
빙벽이 갇혀 있던 억만 년의 바이러스는 네게로
온다
북극은 사라지며 말하네,
죽음은 멀고 입술은 너무나 가까워서
인간을 달리 부를 병을 나는 배우지 못했다

언 구름의 눈물로 엮은 한 장의 천처럼
하늘이 팔랑거리는 겨울 병원
북극곰은 눈 터널 속에서 아기를 낳으면서 눈을
감는데
산란의 고통 속 이빨이 빠지듯 빙하는 무너지고

억겁의 바이러스는 북극해를 헤엄쳐 당신의 바다
로 간다

5부

눈

얼마나 오래
이 안을 걸어 다녀야
이 흰빛의 마라톤을 무심히 지켜보아야

나는 없어지고
시인은 탄생하는가

엄마와 나의 간격

엄마의 자궁 안에서
나는 엄마, 속의
섬이었다

섬은 엄마에게서
몸의 식량 공급을 받았다
영혼도 넙죽 식량 공급을 받았겠지

날을 채우고
섬은 바깥으로 나왔다
그리고

엄마를 바라보았다
엄마와 나의 간격이라는
원초 비극을 바라보았다

그때
내 영혼의 모어가 생겼다

엄마 말이 아닌 내 말로

그 생각을 하니 웃기고도 서글프다
겨울 숲에서 혼자 병들어 죽어
풍장되는 늑대의 아가리처럼

네 말 속

네 말 속에 배반이 있었다
네 말 속에 집이 곰팡이가 기어오르는 벽이
그 벽으로 들어가서 나오지 못하는 이들이 있었다
네 말 속에 방이 있었다
방 속에는 대포가 총이 있었다
만년설을 지나가던 하늘이
총구 속에 파랗게 질려 있었다
면도칼을 들어 네 말을 잘근잘근 자르는
네 말도 있었다
네 말 속에 네 말 속에
현관에서 울고 있는 내 목도리가 있었다
네 말은 내 신발 속에서 잘려가며 젖는다
네 말 속에는 박히지 못하는 못이 철넝쿨이 되어
내 입을 점령하고 있었다

지하철 입구에서

오늘도 영락없이 나는 이곳에 있다
나는 이제 이 안에서 절대로
빠져나가지 못한다
지하철에서 내려 긴 통로를 걸을 때
계단을 올라가면 입구가 있다고 생각하지만
그건 입구를 지나 새로 열리는 세계가 아니라
다시 반복되는 영원의 길들이었다
나는 오래된 바다나 산맥이 표시된 지도를 잃어버
렸고
새로 구입한 기계 지도 안으로 익명이 되어 숨죽
이네
먼 곳에서 구급차 사이렌이 울릴 때마다
종이처럼 구겨지며 하늘을 날아가던 새 떼
얼어붙은 길을 갈아서 빙수를 만드는
모퉁이의 작은 카페도 문을 닫았네
오, 익숙한 이여 애인처럼
나를 떠나지 마라
슬며시 누르는 슬픔이
영혼 속의 물곰치 한 마리로 헤엄친다

가짓빛 추억, 고아

관이 나가는 날, 할머니가 눈감을 때까지 불렀던
사위, 이모부는 돌아왔다 할머니가 사주었다던 바
지, 일찍 온 저녁처럼 무릎께가 너덜거리는 그 바지
를 입고

오른팔을 잃은 이모부는 밭 가장자리에 쪼그리고
앉아 보랏빛 뭉치를 하나 따서는 우적우적 씹었지

거리에서 잃은 팔을 먹어치우는 것처럼 빛은 세월
의 칼로 철없이 우리의 혀를 동강 내었다

어느 날 슬플 때 빛은 무자비했나 어느 날 욕정에
잡힐 때 빛은 아련했나 어느 날 기쁠 때 가지는 사라
져서 빛은 뼈 속으로 혼곤하게 스며들었나 그 뒤에
돋아나는 빛은 자지러지게 우는 갓 태어난 아이를
닮으며 사무치게 널 안았나

도둑질을 하듯 몰래 살았다는 느낌이 목구멍까지

132

꽉 차오를 때 가지로만 입속에 머물던 빛, 그 빛의
혀를 지금 내가 적는다면

　가지라는 불투명한 평화
　보랏빛이라는 폭력
　어떤 삶이라도 단 한 빛으로 모둘 수 없어서 투명
해진 날개

　이모부는 빛 속에서 사라지고 그 여름, 침묵하는
빛의 혀만 나부끼는 그림 속, 가짓빛은 텅 비었네 가
짓빛 추억은 고아가 되었네

설탕길

늙은 아내를 치매 요양원으로 보내고
발자국을 깊이 묻으며 노인은 노상에서 울고 있다
발자국에 오목하게 고인 것은
여름을 먹어치우고
잠이 든 초록

가지 못하는 길은
사레가 들려
노인의 목덜미를 잡고 있다

내가 너를 밀어내었느냐,
아니면 네가 나를 집어삼켰느냐
아무도 모르게 스윽 나가서
저렇게 설설 끓고 있는 설탕길을 걷느냐

노인은 알 수 없는 나날들 속에서는
늙은 아내가 널려 있는 빨랫줄 위로 눈이 내린다
고 했다

당신의 해골 위에 걸어둔 순금의 눈들이
휘날리는 나라에서
이렇게 사라지는 것이 이상하지만은 않아서
오래된 신발을 벗으며
여름에 깃든 어둠은 오한에 떨며 운다

카프카 날씨 1

이 거리 처음 본다
이 건물들 본 적 없다
이 사람들 모른다

그들은 내가 여기에서 이십여 년째
살고 있다고 하는데
나는 이곳을 처음 방문한 것 같다

국경을 넘어서 들어오는 사람들 속에
강도들과 테러리스트들이 끼어 있다고 했다

그들은 천년 전에 지어진 수도원을
내가 어제 폭파했다고 했다
그 수도원에는 이 지상에 더 이상 존재하지 않는
방언들을 모은 자료실이 있었다고 했다
그러니까 내가
그 말들을 함께 폭파한 거라고 했다

나는 어제 집에만 있었는데!

천년을 살아도 낯선 내 그림자가 발목을 잡고 놓

아주지 않았는데!

영원히 계속될 것 같은 잠 속에서 깨어나면

투명한 벌레 한 마리가 될 날씨다

종소리는 공중에서 유리 조각으로 흩어지고

잠이 덜 깬 잘 아는 얼굴은 황망히 도시를 떠난다

가방을 끄는 소리도 시끄러웠지

누군가 끌고 가는 바퀴가 달린 가방만큼

어릿하게 슬픈 세계는 없었다

언제나 그러했듯 잠 속에서

모르는 이가 나를 안는다
모르는 이의 잠을 나는 잔다
나는 노래를 부른다
이 노래는 수십 년 전부터 불렀는데도
부를 때마다 아프다
아파서 그만두고 싶은데
모르는 이가 자꾸 시킨다
불러, 그 노래를

잠의 가장 시끄러운 곳 속에서
떨어진 노래를 줍는다
그 너머에는 네가 있다
나보다 더 오래된 지구의 생물 하나인 너는
날개를 받고 있었지

이제 서로 안으며 세월을 먹어치우자
잠이 든 환한 네 웃음을 쓴 약밥처럼 삼킨다
겨울뜰에는 이곳에 아직 도착하지 않은 꽃이 피

었고

　나는 말 잃은 채 꿈의 얼음 이불이 된다

카프카 날씨 2

발신자: 고대의 여름
수신자: 현대의 겨울

안녕,
다시 가보지 못할 폐허여
경적을 울려대며 사방팔방에서 밀려 나오던 낡은
차들이여
소리소리 지르며 혁대를 팔던 소년들이여
양의 피가 바닥에 흐르던 시장이여
초와 비누 대추야자와 강황 가루를 팔던 거리여
날아가던 총알에 아이의 심장이 거꾸러져도
아무도 그 심장을 거두지 않던 오후여

얼굴에 먼지와 피를 뒤집어쓰고
총 쏘기를 멈추지 않던 노인이여
붉은 양귀비꽃이 뒤덮인 드넓은 들판이여
무너진 담벼락 사이로 터지던 지뢰여
종으로 팔려가서 영영 돌아오지 않던 소녀들이여

이 이상하게 빠른
이 가벼워서 낯설디낯선 시간이여

카프카 날씨 3

지난 15일에는 파리에서 테러가 있었다. 옛 시청
앞에는 사람들이 켜둔 촛불, 그들이 가져온 꽃들이
있다. 여기저기 아직은 누워 있는 크리스마스 나무
들. 이들은 오늘 저녁이면 다 서 있을 것이다, 뿌리
도 없이 가지에 불을 켠 채, 거리에는 아직도 체포되
지 않은 테러리스트들이 있다고 했지만 그들에게 눈
을 돌리는 이는 아무도 없다, 내가 너를 의식하면 나
는 오늘을 살 수 없으므로, 불안의 물결 속을 걷는
다, 어떤 이는 이 물결 속으로 기차를 타고, 또 다른
이는 비행기를 타고 우는 사람이 없는 별에게로 간
다고 했다 어젯밤 꿈속 작은 개 한 마리가 텅 빈 집
에서 혼자 끙끙거리다가 나를 따라왔다 이 개를 안
고 죽은 이들이 아직 떠나지 못하는 한 장소를 방문
한다 그곳에 작은 크리스마스 나무 한 그루를 심어
두고 나온다 너를 가슴에 품고 다니는 사람들의 나
무를, 나무에는 이제 네 얼굴만 있을 것이다. 언젠가
나무의 가장 깊숙한 뿌리가 땅 위로 나오면 그게 네
얼굴일 것이다 그 얼굴만이 불투명한 깃발로 나부낄

것이다 지난 15일에는 파리에서 테러가 있었고 어
두운 저녁이면 눈 대신 뜨거운 비가 내리는데 개를
꿈속에 다시 데려다 놓고 나는 형체 없는 거리를 걷
는다

밥빛

너에게 쓰는 편지 속 말들이
점점 줄어들더니 기어이 잦아들었네
어떤 지상의 날

봄 햇살이
두통의 두릅이 돋는 순간을
다스리는 때,

나는 머리를 숙였네
지난 계절
밥알마다 네 얼굴이 어려 있어

그 밥,
차마 먹지 못해
편지를 접었는지도

여름 밥빛은
네 얼굴을 지웠다

가을 단풍이 진하게 달인
붉은 간장의 저녁을
기름 오른 새들이 지나갔을 때

겨울 숭늉의 잔웃음 곁으로
무말랭이의 고드름이 열려도 괜찮아서
담담함은 밥상을 편다

볼이 미어지도록
밥 한 그릇 다 먹고
달고도 쓴 시래기국밥 잠 길게 잤다

아, 우리 코 골며 이 갈며 잘 살고 있었네
이 세상, 천국이어서 살찐 허벅다리 사이
봄 멸치는 구름의 골목을 떠돌다가 잠들었네

이 골목의 부자들은 낯설디낯선 모국어로
우리의 가난을 경멸했고

아, 이 천국, 너의 눈동자를
나는 내 살의 가장 깊숙한 영혼 소금으로 절인다

이 천국, 초승달 길 파랑은 영혼의 젓갈로 사무치네

나는 춤추는 중

기쁨은 흐릿하게 오고
슬픔은 명랑하게 온다

바람의 혀가 투명한 빛 속에
산다, 산다, 산다, 할 때

나 혼자 노는 날
나의 머리칼과 숨이
온 담장을 허물면서 세계에 다가왔다

나는 춤추는 중
얼굴을 어느 낯선 들판의 어깨에 기대고
낯선 별에 유괴당한 것처럼

저 오래된 시간을 무엇이라 부를까

이 광 호
(문학평론가)

　"네 눈이 바라보던/내 눈의 뿌연 거울"(「오래된 일」)의
순간, 형언할 수 없는 순간이 있었을 것이다. 그 순간이
아득한 것 같다가, 참혹할 만큼 생생한 일이었다가, '나'
는 그 기억의 주인이 될 수 없음을 깨닫는다. 그 기억의
의미를 알아내는 일은 불가능하며, 시간의 무서운 힘 앞
에서 언제나 '나'는 무력하다는 걸. 허수경 시인이 오래
전 "사랑은 그대를 버리고 세월로 간다"(「공터의 사랑」,
『혼자 가는 먼 집』)고 노래한 것처럼, 사랑과 세월에 대해
서 내내 수동적이고 속수무책이었다는 것을 알게 된다.
생과 사랑이라는 일의 근본적인 조건이 '가사성(可死性,
mortality)'이라면, '나'는 사라질 수 있거나, 사라진 것들
만을 사랑하며, 결국은 미약한 기억의 힘을 붙들고 있어

야 한다. 남은 일은 그 '오래된 일'을 어떻게 기억하고 호명하는가 하는 일, 무엇이 남아 있는가를 살아 있는 동안 묻고 또 물어야 하는 일.

> 네가 나를 슬몃 바라보자
> 나는 떨면서 고개를 수그렸다
> 어린 연두 물빛이 네 마음의 가녘에서
> 숨을 가두며 살랑거렸는지도
> 오래된 일
> 봄저녁 어두컴컴해서
> 주소 없는 꽃엽서들은 가버리고
> 벗 없이 마신 술은
> 눈썹에 든 애먼 꽃술에 어려
> 네 눈이 바라보던
> 내 눈의 뿌연 거울은
> 하냥 먼 너머로 사라졌네
> 눈동자의 시절
> 모든 죽음이 살아나는 척하던
> 지독한 봄날의 일
> 그리고 오래된 일
>
> ──「오래된 일」전문

"눈동자의 시절"은 언제인가? "네 눈이 바라보던/내

눈의 뿌연 거울"의 시절. '너'와 '내'가 보는 자와 보여지는 자로 나뉘던 장면이 아니라, 서로가 눈동자의 거울이 되었던 시절. '시선의 시간'이 아니라, 오직 "눈동자의 시절"이었던 날들. "모든 죽음이 살아나는 척하던/지독한 봄날의 일". 모든 것이 죽지 않을 것처럼 착각하게 만들던 시간. "그 지독한 봄날"은 이미 "오래된 일"이다. '오래되었다'는 시간의 감각은 상대적이고 주관적이다. "하냥 먼 너머로 사라졌네"라고 말할 때, 그 '먼 너머'는 도대체 어디쯤인가? 얼마만큼의 물리적 시간이 지나면 '오래되었다'라고 말할 수 있는 날들이 올까? 더 이상 그 장면의 세부와 감각이 분명하지 않거나, 그 기억들을 잃어버리고 왜곡한다고 생각되어질 때쯤이면? 생의 감각이 시간의 감각일 수밖에 없다면, '내'가 시간을 가늠하는 것이 아니라, 시간이 '나'를 대면하는 장면들.

차라리 '하냥'이라는 부사에 대해 말해보자. '하냥 사라진다'는 것은 사전적인 의미에서 '늘' 혹은 '함께' 사라진다는 것이다. 이 방언은 시간을 둘러싼 감각의 특이성을 우연한 방식으로 노출시킨다. 그 시간이 사라졌다는 것, 그것이 오래된 일이었다는 감각은, '하냥' 그러니까 '늘' '함께' 온다. '늘'의 문맥에서 말한다면 시간과 기억은 계속해서 언제나 무언가가 사라지고 있는 사태이며, '함께'의 문맥에서 말한다면, 그것들은 한꺼번에 사라지는 사건이다. '오래된 일'을 둘러싼 시간의 감각이 항시적인 것이라면, 문제는 그 특정한 시간을 오래된 일이라고 명명하는 행위 자체에 있을 것이다. 그것은 사랑과 기억, 삶과 죽음, 시와 시인의 문제를 관통한다.

　　서는 것과 앉는 것 사이에는 아무것도 없습니까
　　삶과 죽음의 사이는 어떻습니까
　　어느 해 포도나무는 숨을 멈추었습니다

　　사이를 알아볼 수 없을 만큼 살았습니다
　　우리는 건강보험도 없이 늙었습니다
　　너덜너덜 목 없는 빨래처럼 말라갔습니다

　　알아볼 수 있어 너무나 사무치던 몇몇 얼굴이 우리의 시
　간이었습니까
　　내가 당신을 죽였다면 나는 살아 있습니까
　　어느 날 창공을 올려다보면서 터뜨릴 울분이 아직도 있
　습니까

　　그림자를 뒤에 두고 상처뿐인 발이 혼자 가고 있는 걸 보
　고 있습니다
　　그리고 물어봅니다
　　포도나무의 시간은 포도나무가 생기기 전에도 있었습니까
　　그 시간을 우리는 포도나무가 생기기 전의 시간이라고 부

릅니까

　　지금 타들어가는 포도나무의 시간은 무엇으로 불립니까
　　정거장에서 이별을 하던 두 별 사이에도 죽음과 삶만이
있습니까
　　지금 타오르는 저 불길은 무덤입니까 술 없는 음복입니까

　　그걸 알아볼 수 없어서 우리 삶은 초라합니까
　　가을달이 지고 있습니다
　　　　　　　　　　　　　　　　　　　　　　—「포도나무를 태우며」 전문

　　"포도나무가 숨을 멈추"는 시간이 있다. 포도나무는
"서는 것과 앉는 것 사이" "삶과 죽음의 사이"의 비유적
이미지가 될 수 있다. 이 시에서 그 '사이'를 둘러싼 질문
들은, 지혜를 향해 있기보다는 "물어봅니다"라는 문장의
형식 안에서만 맴돈다. "사이를 알아볼 수 없을 만큼 살
았"기 때문에, 오히려 그 삶의 '오래됨'은 그 '사이'에 대
한 감각을 불명료하게 만든다. 뼈아픈 시간에 대한 질문
들이 남아 있다. "알아볼 수 있어 너무나 사무치던 몇몇
얼굴"의 기억과 "내가 당신을 죽였다면 나는 살아 있습니
까"라는 참담한 질문들. '내'가 '당신'을 죽인 것 같은데도
'내'가 살아남아 있다는 느낌이 들지 않는 이상한 '사이'
의 감각들. '사이'를 둘러싼 감각들의 모호함은 삶과 죽음

사이의 인지의 무기력에 멈추어 있지 않고, "포도나무가 생기기 전의 시간"에 대한 상상력으로 뻗어나간다. "포도나무가 생기기 전의 시간"은 포도나무의 생과 죽음의 사이를 넘어서는 깊고 오랜 시간의 감각을 불러들인다. 그 오래된 시간에 대한 상상 때문에, 생과 죽음의 사이에 대한 감각은 다른 차원에 진입한다.

아주 오래된 시간에 대한 상상은 현재의 시간을 다시 묻게 한다. "지금 타들어가는 포도나무의 시간"에 대한 감각을 재구성한다. 지금 불타고 있는 포도나무의 '현전'은 무엇인가? 생명과 다산(多産)의 상징이며, 죽어서도 소생하는 성스러운 나무라는, 포도나무를 둘러싼 재래적인 상징체계를 굳이 언급할 필요는 없을지도 모른다. 중요한 것은 지금 포도나무를 태우는 일은, 포도나무의 시간에 대한 어떤 '의례'라는 것. 포도나무의 불길은 "무덤"이기도 하며 "술 없는 음복"이기도 할 테니까. '지금'이라고 명명된 현재의 시간이 포도나무를 불태우는 시간이며, 포도나무의 오래된 시간들에 대한 '장례'와 '애도'의 시간이라는 것.

포도나무를 둘러싼 그 모든 시간의 '사이'와 '층위'들을 알아낼 수는 없을 것이다. 하지만 포도나무의 오래된 시간에 대한 상상은 다른 질문들을 만들어낼 수 있다. "정거장에서 이별을 하던 두 별들 사이에도 죽음과 삶만이 있습니까"와 같은, 사소하고 동시에 우주적인 '이별'

들을 둘러싼 질문. 그 시간들의 의미를 "알아볼 수 없어서 우리 삶은 초라합니까"와 같은 쓸쓸한 질문. 그 삶과 죽음 사이의 모든 시간들을 알아낼 수 없어서 '우리 삶'은 끝내 초라할 수밖에 없다. 하지만 포도나무를 태우는 '지금' 이 순간은, 시간을 장례 지내는 미지의 시적 주체가 탄생하는 순간이다. 이 놀라운 시는, 불타는 포도나무를 둘러싼 여러 겹의 잠재적 시간들을 체험하게 만든다. 그 체험이 '우리 삶'의 무지와 초라함을 이상한 방식으로 어루만질 수 있을까?

오랜 시간이 지났다 그리고 우리는 만났다
얼어붙은 채
누구도 기억하지 않는 역에서

[……]

왜 나는 너에게 그 사이에 아무 기별을 넣지 못했을까?

인간이란 언제나 기별의 기척일 뿐이라서
누구에게든
누구를 위해서든

하지만

무언가, 언젠가, 있던 자리라는 건, 정말 고요한 연 같구
나 중얼거리는 말을 다 들어주니

빙하기의 역에서
무언가, 언젠가, 있었던 자리의 얼음 위에서
우리는 오래 즐거운 시간을 보냈다, 아이처럼
아이의 시간 속에서만 살고 싶은 것처럼 어린 낙과처럼
그리고 눈보라 속에서 믿을 수 없는 악수를 나누었다

헤어졌다 헤어지기 전
내 속의 신생아가 물었다, 언제 다시 만나?
네 속의 노인이 답했다, 꽃다발을 든 네 입술이 어떤 사
랑에 정직해질 때면
내 속의 태아는 답했다, 잘 가
————「빙하기의 역」 부분

'오랜 시간'이 지나고 다시 만날 수 있는 시간은, '빙하
기'의 "누구도 기억하지 않는 역"일지도 모른다. 빙하기
의 상상력은 수만 수억 년 전의 시간에 대한 감각을 도입
한다. 빙하기의 만남은 "얼어붙은 채" 인간의 '기억'이라
는 범주 너머의 만남이 될 것이다. 한 인간의 생의 주기를
벗어나는 그 아득한 만남의 주체는 하나의 인격일 수가
없다. 이 시에 등장하는 "내 속의 할머니" "내 속의 아주

머니" "내 속의 아가씨" "내 속의 고아" "내 속의 신생아"
"내 속의 태아"는, 그 오랜 시간을 기다렸던 복수의 존재
들이다. 그 아득한 시간 때문에 "왜 나는 너에게 그 사이
에 아무 기별을 넣지 못했을까"라고 자문해야 하지만, 그
시간의 힘 앞에서 "인간이란 언제나 기별의 기적일 뿐"이
다. 아주 오랜 시간의 단위 안에서, '존재한다'는 것은 '기
적'의 수준에서다. '너'와 '내'가 존재했다는 것은 짐작으
로만 알 수 있는 미묘한 기색에 불과하다. 그럼에도 불구
하고 "무언가, 언젠가, 있던 자리"는 있었던 것이며, 그것
이 있었다는 기적에 대한 감각은 '빙하기의 역'에서 다시
만날 수 있는 상상의 시간을 만들어낸다. 그 속에서 '나'
는 "아이의 시간"을 보내며, '신생아'와 '태아'의 말로 돌
아간다.

익은 속살에 어린 단맛은 꿈을 꾼다 어제 나는 너의 마
음에 다녀왔다 너는 울다가 벽에 기대면서 어두운 걸레로
바닥을 닦았다 너의 얼굴에는 여름이 무참하게 익고 있었
다 이렇게 사라져갈 여름은 해독할 수 없는 손금만큼 아렸
다 쓰고도 아린 것들이 익어가면서 나오는 저 가루는 눈처
럼 자두 속에서 내린다 자두 속에서 단 빙하기가 시작된다
한입 깨물었을 때 빙하기 한가운데에 꿈꾸는 여름이 잇속
으로 들어왔다 이것은 말 이전에 시작된 여름이었다 여름
의 영혼이었다 설탕으로 이루어진 영혼이라는 거울, 혹은

이름이었다 너를 실핏줄의 메일에게로 보냈다 그리고 다시 자두나무를 바라보았다 여름 저녁은 상형문자처럼 컴컴해졌다 울었다, 나는. 너의 무덤이 내 가슴속에 돋아나는 걸 보며 어두워졌다 그 뒤의 울음을 감당할 수 있는 것은 자두뿐이었다

———「자두」 전문

"자두" 속에는 여름의 시간만 있는 것이 아니라, "빙하기"의 시간도 내재해 있다. "한입 깨물었을 때 빙하기 한가운데에 꿈꾸는 여름이 잇속으로 들어왔다". 자두라는 과일의 '현전'은 지금 이 여름의 시간 속에 깃들어 있는 오래된 시간의 흔적이다. "쓰고도 아린 것들이 익어가면서 나오는 저 가루는 [······] 말 이전에 시작된 여름이었다 여름의 영혼이었다"라는 문장에서, 자두는 아주 오래고 깊은 시간의 영혼, 그 영혼의 이름이 된다. 자두 속의 시간에는 "말 이전에 시작된 여름"이라는 아득한 계절이 이미 들어와 있다. 계절이 "해독할 수 없는 손금"이고, "상형문자처럼 컴컴"한 것이라면, 그 계절의 비밀을 끝내 알 수 없을 것이다. 자두의 시간 속에서라면, '나'는 '너'의 마음에 다녀올 수 있다. 자두는 여름과 빙하기의 오래된 시간을 가로질러 '너'와 '나'를 만나게 하는 이미지이다. 자두는 삶과 죽음 너머의 '상형문자'에 가깝다. "너의 무덤이 내 가슴속에 돋아나는 걸 보며 어두워졌다"라는 이

미지 속에서 자두는 저 아득한 시간의 현현이면서, 동시에 그 무덤이다.

아마도 그 병 안에 우는 사람이 들어 있었는지 우는 얼굴을 안아주던 손이 붉은 저녁을 따른다 지난여름을 촘촘히 짜내던 빛은 이제 여름의 무늬를 풀어내기 시작했다

올해 가을의 무늬가 정해질 때까지 빛은 오래 고민스러웠다 그때면,

내가 너를 생각하는 순간 나는 너를 조금씩 잃어버렸다 이해한다고 말하는 순간 너를 절망스런 눈빛의 그림자에 사로잡히게 했다 내 잘못이라고 말하는 순간 세계는 뒤돌아섰다

만지면 만질수록 부풀어 오르는 검푸른 짐승의 울음 같았던 여름의 무늬들이 풀어져서 저 술병 안으로 들어갔다 그리고 새로운 무늬의 시간이 올 때면,

너는 아주 돌아올 듯 망설이며 우는 자의 등을 방문한다 낡은 외투를 그의 등에 슬쩍 올려준다 그는 네가 다녀간 걸 눈치챘을까? 그랬을 거야, 그랬을 거야 저렇게 툭툭, 털고 다시 가네

오므린 손금처럼 어스름한 가냘픈 길, 그 길이 부서져 마침내 사월 때까지 보고 있어야겠다 이제 취한 물은 내 손금 안에서 속으로 울음을 오그린 자줏빛으로 흐르겠다 그것이 이 가을의 무늬겠다

　　　　　　　　　　　　　　　　—「이 가을의 무늬」 전문

　자두가 여름의 영혼이라면, "가을의 무늬"에는 "붉은 저녁"과 "병 안에 우는 사람"의 이미지가 들어 있다. '여름의 무늬'들이 '가을의 무늬'로 바뀌는 것을 무엇이라 할 수 있을까? "내가 너를 생각하는 순간 나는 너를 조금씩 잃어버"리는 사건, 그렇게 '너와 나와 세계'가 엇갈리고 뒤돌아서는 시간이 여름과 가을 사이에 있다. "새로운 무늬의 시간"은 "검푸른 짐승의 울음 같았던 여름의 무늬들이 풀어져서 저 술병 안으로 들어"가는 시간이다. 가을의 무늬가 여름의 무늬와 다르다면, 시간이 '병 속'에 들어간다는 상상적 사건 때문이다. '병 속의 시간'은 널리 알려진 이미지이다. 이 시는 이 낯익은 발상의 지점에서 시간의 봉인에 머물지 않고, 그 안에 시간의 '지도'를 다시 들여다본다. "오므린 손금처럼 어스름한 가냘픈 길"이 그 시간의 무늬 속에 있고, "취한 물은 내 손금 안에서 속으로 울음을 오그린 자줏빛으로 흐"른다. '가을의 무늬'는 여름의 시간 뒤에 나타나는 오래된 시간의 지도를 나타

나게 한다. 시간의 지도를 볼 수 있는 계절은, 세월 속에서 엇갈린 "우는 자의 등을 방문하"는 시간이다.

빛과 공기의 틈에서 꽃이 태어날 때 그때마다 당신은 없었죠 그랬겠죠, 그곳은 허공이었을 테니

태어나는 꽃은 그래서 무서웠죠 당신은 없었죠, 다만 새소리가 꽃의 어린 몸을 만져주었죠

그 그림 속에서 나는 당신 없는 허공이 되었죠 순간은 구름의 틈으로 들어간 나비처럼 훅, 사라졌는데 그 뒤에 찾아온 고요 안에서 꽃과 당신을 생각했죠

무엇이었어요, 당신?

아마도 내가 이 세상을 떠날 적 가장 마지막까지 반짝거릴 삶의 신호를 보다가 꺼져가는 걸 보다가 미소 짓다가 이건 무엇이었을까 나였을까 당신이었을까 아니면 꽃이었을까 고여드는 어둠과 갑자기 하나가 될 때

혀 지층 사이에는 납작한 화석의 시간만 남겠죠 날개와 다리 사이에서 진화를 멈추어버린 어떤 기관만이 남겠죠

이건 우리가 사랑하던 모든 악기의 저편이라 어떤 노래
의 자취도 없어요

생각해보니 꽃이나 당신이나 모두 노래의 그림자였군요
치료되지 않는 노래의 그림자 속에 결국 우리 셋은 들어와
있었군요

생각해보니 우리 셋은 연인이라는 자연의 고아였던 거예
요 울지 못하는 눈동자에 갇힌 눈물이었던 거예요
———「그 그림 속에서」전문

'오래된 시간'의 이미지가 하나의 그림으로 주어진다
면, '그 그림'이 될 것이다. '나와 당신과 꽃'이 태어나고
사라지는 그림. 그림 속에 '나와 당신과 꽃'은 같은 시간
대에 나타나지 않는다. "꽃이 태어날 때 그때마다 당신은
없었"으며, "그 그림 속에서 나는 당신 없는 허공"이 되
었다. "순간은 구름의 틈으로 들어간 나비처럼 훅, 사라"
져버리고, '내'가 할 수 있는 일은 "고요 속에서 꽃과 당신
을 생각"하는 것이다. 그 생각 속에서 "무엇이었어요, 당
신?"이라고 묻는 일은, "내가 이 세상을 떠날 적 가장 마
지막까지 반짝거릴 삶의 신호를 보다가" "이건 무엇이었
을까"라고 묻는 일과 같다. 그림 속에서 '나와 당신과 꽃'
은 함께 만나본 적도 없으며, '내'가 할 수 있는 일은 다만

그 생각과 기척 속에서 '무엇이었을까' 묻는 일이다.

그 묻는 일을 감당하는 '혀'조차 "납작한 화석의 시간"에 갇히게 되면 무엇이 남을까? "납작한 화석의 시간", "진화를 멈춘 어떤 기관"만이 남아 있는 시간에는 "노래의 자취도" 없다. 그렇다면 '당신과 나와 꽃'이 함께 있는 그림은 그 오래된 시간 속 어디쯤에 있는가? 이 시의 마지막 전환은 "우리 셋"이 들어와 있는 곳이 "노래의 그림자"라는 것이다. 시간의 질서 속에서 우리 셋이 함께할 수 있는 공간은 주어지지 않겠지만, '(내) 노래'는 우리 셋의 이미지를 만들어낸다. 그 노래가 "치료되지 않는 노래"라고 하더라도 '노래의 그림자'는 남아 있다. 물리적인 차원에서 그림자는 빛과 물체의 작용 때문에 생기지만 노래는 빛도 물체도 아니다. 노래는 공간을 물리적으로 점유할 수 없으며 빛을 받을 수도 없다. '당신과 나와 꽃'이 함께할 수 없는 저 아스라한 시간의 그림 속에서, 우리 셋이 함께할 수 있는 곳은 노래의 그림자 속에서이다. 그것이 "울지 못하는 눈동자"라고 해도, '노래'만이 오래된 시간 속에 우리가 함께 있을 수 있는 잠재성이다.

어제는 헤어지는 역에서 한없이 흔들던 그의 손이
영원한 이별을 베꼈고
오늘 아침 국 속에서 붉은 혁명의 역사는
인간을 베끼면서 초라해졌다

눈동자를 베낀 깊은 물

물에 든 고요를 베낀 밤하늘

밤하늘을 베낀

박쥐는 가을의 잠에 들어와 꿈을 베꼈고

꿈은 빛을 베껴서 가을 장미의 말들을 가둬두었다

그 안에 서서 너를 자꾸 베끼던 사랑은 누구인가

그 안에 서서 나를 자꾸 베끼는 불가능은 누구인가

—「베낀」 부분

　가늠할 수 없는 시간 속에서 '당신과 내'가 무엇이었는
지를 묻는 일은, 남아 있는 자가 할 수 있는 유일한 일이
다. 남아 있다는 것은 이런 질문들 속에 남아 있는 것이라
고 해야 한다. 서로를 '베끼는' 존재들에 대한 상상력이
시작된다면, 그 상상력조차 이런 질문의 일부가 될 수 있
다. 서로 베끼는 존재들의 연쇄 작용은 오래된 시간 속에
연결되어 있는 존재들의 '환유적인' 연쇄를 상상하게 만
든다. 이런 상상 속에서 개별적인 사건들은 '시간 속의 환
유'로 연결되어 있다. 존재들이 서로를 베끼는 이 사태 속
에서도 '당신과 나와 사랑'의 행방은 질문으로만 주어진
다. 당신과 나와 사랑 사이에 끼어드는 것은 '불가능'이라
는 사태, 차라리 불가능이라는 '존재'이다. '불가능'이라
는 추상명사는 어떻게 베낌의 '주체'가 될 수 있을까? "불
가능은 누구인가"라고 묻는 일은, 불가능 안에서 태어나

는 익명적인 존재를 호명하려는 질문이다. 불가능의 주
체로서의 시적 주체는, '노래의 그림자'를 남기는 '시인'.
인격적 동일성으로서의 시인이 아니라, '내'가 없어지고
'탄생하는' 미지의 시인이다.

　　얼마나 오래
　　이 안을 걸어 다녀야
　　이 흰빛의 마라톤을 무심히 지켜보아야

　　나는 없어지고
　　시인은 단생하는가

　　　　　　　　　　　　　　　　　　　—「눈」전문

　시인이 탄생하기 위해, "얼마나 오래/이 안을 걸어 다
녀야" 하는가? 시인이 된다는 것은 깊은 시간의 고독 안
에서 다른 시간의 형식을 만들어낸다는 것이다. 형식의
주체는 하나의 인격을 가진 '나'로서의 시인이 아니며, 그
오래된 시간 속에서 '익명화'된 존재이다. '우리'는 결국
시간과 기억의 주인도 될 수 없고, 노래의 주인도 될 수
없다. 저 오래된 시간에 대한 끝없는 질문에도 불구하고
'당신과 나'는 하나의 시간 속에 다시 들어가지 못하겠지
만, '노래의 그림자'는 남는다. 노래의 그림자만이 남는다
는 것은, 시간의 악마적인 힘 앞에서 불가능한 위로에 가

깝다. 위로는 불가능하지만, 불가능에 대한 노래는 다른 시간의 잠재성에 가닿는다. 시는 그 시간이 다시 올 거라고, 당신과 내가 다시 만날 거라고, 혹은 오래전 그 순간이 영원하다고 말하지 못한다. 오히려 저 뼈아픈 불가능 속에 남아 있는 오래된 시간의 영혼을 대면하게 한다. 영원성은 미리 주어져 있지 않으며, 시간을 지배하는 단일한 영혼이 있다고 할 수 없다. 오래된 시간의 영혼은 시적인 이행의 순간 탄생한다. 또 다른 시적인 시간이 도래하는 그 순간, 시간에 대한 날카로운 애도는 시간의 고독을 둘러싼 미래가 된다.

나는 '진주 저물녘'의 시간으로부터 독일의 오래된 도시와 폐허의 유적지로 이어지는 시인 허수경의 장소들과 시간들을 다 알지 못한다. 모국어의 도시에 살지 않는 시인의 운명을 말하기는 너무 무겁고, 그 몸과 언어의 감각에 대해서라면 상상하기가 더욱더 쉽지 않다. 그 세월들속의 '허공'과 '뒤돌아섬'과 '돌이킬 수 없음'에 대해서, 혹은 '몸 없음'과 '장소 없음'에 대해서도 도저히 알지 못한다. 한 실존의 어릿한 세월에 대해서라면, 어떤 짐작도 무력하며 때로 무례할 것이다. 오래된 시간의 영혼을 노래하는 허수경의 한국어가, 저 먼 곳에서 계속 태어나고 되돌아오고 있다는 것은, 여전히 놀랍고 뜨거운 일이다. ▨